MÉMOIRE

SUR UNE SÉRIE DE CAS

D'ICTÈRE GRAVE

OBSERVÉS DANS LA GARNISON DE LILLE

EN JUIN 1877

PAR

MM. Jules ARNOULD et Paul COYNE

Professeurs à la Faculté de médecine de Lille.

PARIS

LIBRAIRIE J.-B. BAILLIÈRE ET FILS

Rue Hautefeuille, 19, près le boulevard Saint Germain.

1879

MÉMOIRE

SUR UNE

SÉRIE DE CAS D'ICTÈRE GRAVE

OBSERVÉS DANS LA GARNISON DE LILLE

EN JUIN 1877

Nous n'avons pas voulu inscrire formellement le mot *Epidémie* dans le titre de ce travail, bien que nos conclusions doivent le renfermer. La succession et le groupement des faits que nous allons relater se sont accomplis suivant un mode tout à fait familier aux épidémies ; malgré leur petit nombre, les cas observés représentent véritablement une épidémie circonscrite, s'ils dépendent d'une influence commune et non d'un agent toxique vulgaire. Mais là est précisément la difficulté qui a fait notre principal souci et la solution ne nous en a point paru assez claire pour que nous imposions tout d'abord au lecteur celle vers laquelle nous avons dû incliner. A côté de l'*ictère grave* que l'on peut dire *essentiel* et que les modernes ont élevé au rang d'entité morbide, il y a, on le sait, un autre ictère grave, correspondant comme le premier à l'atrophie aiguë du foie et aux stéatoses viscérales, mais qui n'est que la manifestation et la conséquence d'un empoisonnement (de l'empoisonnement phosphorique surtout, sinon exclusivement). Nous aurons, à propos de nos cas, à faire cette distinction et à présenter le problème étiologique tel qu'il est, extrêmement ardu et se refusant à une solution péremptoire. Il ne fallait donc pas le dissimuler sous les dehors d'une chose jugée.

Ceci ne diminue pas, aux yeux des médecins qui se plaisent aux

Arnould.   1 études étiologiques, l'intérêt que comportent les accidents graves auxquels nous avons assisté. Quant aux éléments de l'étude clinique, ils restent entiers, avec tout l'attrait de phénomènes nettement caractérisés et d'une réalisation encore assez peu commune dans les habitudes de notre médecine. Enfin, l'enchaînement de ces phénomènes, joint aux constatations nécropsiques, prête à d'importantes conclusions de physiologie pathologique, que nous nous efforcerons de mettre en relief et qui apportent la matière d'un supplément d'instruction à des doctrines, d'édification récente, mais destinées à modifier profondément les bases de l'observation clinique. Pour toutes ces raisons, nous n'avons pas hésité à publier les faits dont nous avons été témoins, encore que nous soyons obligés d'avouer, dès le début, de sérieuses incertitudes et que l'étiologie, en particulier, ait à dévorer en silence une cruelle humiliation.

I

APERÇU DE L'ENSEMBLE DES FAITS.

Le 8 juin (1877), vers dix heures du matin, entrait à l'hôpital militaire un soldat de l'artillerie, atteint d'un ictère de médiocre intensité, mais avec accompagnement de circonstances insolites qui avaient déjà frappé le médecin du corps, M. le docteur Mengin, aide-major très-zélé et très-attentif. Ces circonstances, que M. Mengin signala, ce jour même, au médecin traitant dont les salles devaient recevoir le malade, étaient des vomissements bilieux et un profond accablement du sujet. Cet avertissement fut d'autant moins négligé que le médecin traitant aussi remarquait le contraste entre l'état général de dépression et le phénomène banal de l'ictère, qui, même, à ce moment, paraissait n'être qu'à son début. On ne soupçonna pas, toutefois, à la situation, l'extrême urgence qu'elle avait réellement. A neuf heures du soir, l'homme manifeste un délire agité; le lendemain matin, il est dans le coma, entrecoupé de mouvements convulsifs; à huit heures du soir, le 9 juin, il était mort.

Le lendemain, 10 juin, un militaire de la même caserne que le précédent, qui s'était présenté à la visite, le même jour, c'est-à-dire le 7 juin, mais appartenant au train des équipages, est apporté à l'hôpital militaire, service de M. Arnould, à six heures du soir, avec un ictère peu prononcé, du délire, une prostration alternant avec de l'agitation. Il meurt douze heures après son entrée.

Le 15 juin, un second soldat du train des équipages, malade depuis trois jours seulement, vient se coucher à l'hôpital. Il a de la courbature générale, un air d'ennui plutôt que d'accablement, des vomissements jaune-verdâtre, de l'ictère depuis vingt-quatre heures. L'intelligence est absolument intacte ; on obtient du malade tous les renseignements dont il dispose. L'appétit est nul ; le second jour, après son entrée, l'homme mange une portion, sans nausées ni vomissements, mais sans y trouver aucun goût. Chaque nuit, il éprouve, dit-il, une poussée de fièvre. Dans la nuit du 18 au 19, sans qu'il ait paru plus malade la veille, il est pris de délire et d'agitation violente qui durent toute la journée du 19. Vers le soir, le coma survient ; le malade succombe le 20, à deux heures du matin.

Le 16, entre le quatrième malade, soldat d'artillerie, atteint depuis trois jours (il ne s'est présenté à la visite que le 14). Ictère et courbature générale, épistaxis, sensibilité épigastrique ; mais il y a à peine des nausées et pas de vomissements. Après avoir traversé des phases inquiétantes, mais sans manifester d'accidents nerveux, cet homme finit par toucher à la convalescence vers le 25 ou le 26 juin. Le rétablissement a été complet.

On reçut deux malades, le 18 juin, tous deux de l'artillerie. Le premier, atteint depuis quatre jours, présenta les mêmes signes que le précédent et guérit de même. Le second n'était malade que depuis deux jours, mais l'ictère avait débuté le soir du premier jour et il avait eu des vomissements ; à son entrée, la somnolence était frappante, l'homme paraissait redouter l'exploration et jusqu'aux interrogations. Le 19 au soir, le délire éclate avec une agitation d'une violence inouïe et dure toute la journée du 20. Le 21, résolution complète, coma ; mort à deux heures du soir.

Cependant, le 19, étaient entrés deux hommes de l'artillerie, malades depuis cinq et six jours, ce qui reporte le début de leur affection à peu près à la même date que les trois précédents. On peut aisément se figurer l'état moral des ictériques survivants, à voir la fin de quatre de leurs camarades ; bien qu'on ait fait tout ce qui était possible pour leur laisser ignorer les décès, et que l'entourage affectât une entière confiance dans leur guérison prochaine, ces pauvres jeunes gens ne débarrassaient pas leur esprit de la sombre perspective. Un sous-officier, particulièrement, du reste bien trempé, parut rester longtemps sous l'empire d'une impression profonde, malgré ses efforts pour la dissimuler plutôt que pour la refouler. Par bonheur, la catastrophe du 21 devait être la dernière. Le sous-officier dont il vient d'être question parut être le plus vivement touché parmi les malades qui devaient guérir ; chez lui, l'ictère, les vomissements, la dépression des forces persistèrent assez longtemps, à un degré accentué ; il prit enfin décidément le dessus, et partit en très-bon état, pour jouir d'un congé de convalescence, vers le milieu de juillet. Il va sans dire qu'aucun de ces ictériques ne présenta de phénomènes nerveux.

Ces huit faits se tiennent, sont évidemment de même nature, et constituent essentiellement la série que nous voulons dérouler ici. Nous pensons devoir y ajouter deux cas, dont elle n'a pas besoin pour les traits caractéristiques de sa physionomie spéciale, mais qui s'y rattachent selon toute probabilité, et la complètent. A notre avis, ces deux faits décident même l'unité épidémique de tout cet ensemble, si épidémie il y a. En voici le résumé très-rapide.

Le 20 juin, un artilleur est encore envoyé à l'hôpital. Malade depuis une huitaine de jours, il a, comme ses camarades, mais à un faible degré, du mal de tête, de la courbature, de l'inappétence ; il a eu une épistaxis, le creux épigastrique est sensible à la pression ; le facies est un peu altéré, la sclérotique jaunâtre, l'urine légèrement foncée. Puis, tout se borne là, et, dès le dixième jour de l'indisposition, il était évident que les choses n'iraient pas plus loin. L'homme, effectivement, reprit rapidement l'appétit et les forces ; il quitta l'hôpital à la fin du mois. Est-il téméraire de voir dans cette observation, un cas ébauché de la même maladie dont nous avions, d'autre part, de si redoutables échantillons ?

Nous ne songions déjà plus à nos ictères graves, lorsque, le 4 août, au moment où nous avions justement dans nos salles deux cas d'ictère catarrhal, nous reçûmes un malade atteint aussi de jaunisse, mais dont la couleur du tégument différait singulièrement, par sa nuance olivâtre, d'avec le jaune franc des ictères, que nous avions qualifiés de bénins. Nous interrogeons l'homme sur sa provenance : c'était un artilleur, de la caserne des ictères graves ; — sur les débuts de son mal : il avait commencé par éprouver une douleur au flanc droit, l'ictère avait paru dès le deuxième jour ; — sur ses sensations : la plus pénible de son état était la dépression des forces. Nous regardons dans son vase de nuit : l'urine était couleur d'infusion de café et non acajou vieux. Cette affection ne fut troublée par aucun symptôme alarmant, et finit par une convalescence franche ; mais elle fut longue. Longtemps, ce malade, tout en se décolorant, garda le facies *ennuyé* que nous avions remarqué chez les ictériques de juin ; longtemps, ses forces restèrent frappées d'amoindrissement et d'une sorte d'impossibilité du retour à la normale. Nous ne pûmes nous défendre d'une pensée rétrospective vers la série d'ictères que nous avaient envoyés, au

mois de juin, le même corps et la même caserne; n'était-ce point
là une dernière manifestation de l'agent, quel qu'il fût, d'où pro-
cédaient les affections graves observées cinq à six semaines plus
tôt, et qui, à la façon des principes de maladies épidémiques,
n'avait pas épuisé toute sa puissance en une seule poussée, mais
n'en avait plus que ce qu'il faut pour provoquer des cas rares et
amoindris? Ce fut notre avis.

Ces deux cas douteux, l'un par son extrême atténuation, l'autre
par son isolement du reste de la série, porteraient celle-ci à dix
malades. Sauf le dernier, tous datent du mois de juin. Tous vinrent du même milieu limité (la caserne Saint-André). Nous n'en
vîmes point à d'autre époque de l'année. Il n'en vint point d'une
autre caserne.

La reproduction des deux premières observations établira la physionomie de la maladie dès ses débuts.

Obs. I. — L..., trompette au 27e régiment d'artillerie, 24 ans,
d'une bonne constitution, n'a jamais été malade depuis qu'il est au
service. Ses fonctions l'appellent rarement au dehors ; il passe la plus
grande partie de son temps au quartier. Sa chambre est au 2e étage,
dominant de beaucoup le rempart. Homme sobre et de bonne conduite.

« Le 7 juin, au matin, dit M le docteur Mengin, il se présente pour
la première fois à notre visite. Il dit se trouver mal à l'aise depuis deux
jours, n'a pas d'appétit, ressent de la fatigue dans tous les membres.
Nous lui trouvons l'air abattu et triste ; la langue est saburrale ; pas
d'envie de vomir ; ni diarrhée, ni constipation. Il semble que ses conjonctives ont une légère teinte subictérique. Pas de point douloureux
à l'hypochondre droit. Il n'a rien remarqué à la couleur de ses selles
ni de ses urines. Il n'a fait aucun excès, ni aucun service fatigant qui
puisse être soupçonné d'avoir produit cette indisposition. Diagnostic :
embarras gastrique, avec présomption d'ictère pour le lendemain. —
Prescription : 40 grammes de sulfate de soude, infusion de thé. Diète,
repos au lit.

« Le lendemain matin, 8 juin, on nous avertit que cet homme est
couché et ne peut se rendre à la visite. Nous allons le voir dans son
lit ; il est dans une prostration très-accusée, sans délire, ni coma ; pupilles normales, contractiles. Il a très-peu dormi, se dit très-faible,
mais n'accuse aucune douleur localisée. Pouls à 85 ; la température
semble normale. Ictère franchement accusé. Le purgatif a produit trois
selles, dont il ne peut nous dire l'aspect ; pendant la nuit, il a eu plusieurs vomissements de sang, qui auraient été assez abondants ; mais
on a enlevé les matières vomies, et nous ne pouvons en apprécier la
quantité que d'après le dire de ses camarades. Nous le faisons transporter à l'hôpital, d'urgence. »

Entré le 8 juin, à dix heures du matin, l'homme nous confirme les renseignements précédents et reporte à quatre à cinq jours le début de son mal. Ensemble d'affaissement et de découragement, réponses lentes, mais précises. Langue avec enduit blanc, mince. Douleur épigastrique. Ictère peu intense, d'une teinte claire, un peu verdâtre. Pas de fièvre. — Bouillon, tilleul orangé, eau de Seltz, potion éthérée et opiacée. — Les vomissements se reproduisent à deux ou trois reprises dans l'après-midi ; les matières sont liquides, muqueuses, d'une couleur bleu-verdâtre, d'une odeur fade et aigrelette.

A neuf heures du soir, incohérence dans les paroles, mouvements désordonnés. Il cherche à quitter son lit. La peau est froide, les pupilles égales et dilatées ; un peu de raideur des membres et des mâchoires.

Le 9, au matin, état comateux, interrompu par quelques mouvements inconscients, surtout quand on touche au malade et que l'on cherche à lui communiquer des mouvements ou une attitude. Demi-résolution des extrémités ; trismus permanent et très-énergique. Yeux clos, pupilles moyennes, à peu près égales. Pouls plein, à 100 ; temp. rectale 37°,4 ; temp. axill., 36°,8. Respirat. 17. La teinte subictérique persiste ; la face conserve un fond de rougeur.

La matité hépatique est considérablement restreinte ; 8 centimètres dans la ligne mamelonnaire, un peu plus dans la ligne axillaire, 3 à 4 centimètres dans la ligne chondro-sternale. La limite supérieure correspond à la 7° côte.

Inject. hypoderm. de sulfate de quinine 0 gr. 5. — Potion avec ipéca et calomel, de chaque 2 grammes (qu'on fait avaler de force en une fois). Lavement de chloral.

A quatre heures du soir, 140 puls., 39° sous l'aisselle, 24 respirations. Moiteur, résolution complète, stertor, coma. Le malade n'a rien rendu par haut ni par bas ; il n'a pas uriné. — Inject. hypod. de sulfate de quin. 0 gr. 4. Saignée de 200 grammes. (Le caillot, vu le lendemain, était mou, diffluent ; peu de couenne à la surface.)

Mort à huit heures du soir.

Autopsie, le 11, matin.

Cavité thoracique. — Adhérences pleurales anciennes à gauche. Ecchymoses sous la plèvre pariétale à droite et à gauche, peu nombreuses et peu étendues. Ecchymoses beaucoup plus larges sous la plèvre viscérale, surtout à droite, le long du bord postérieur du poumon. Lorsque, au niveau de ces suffusions sanguines, on pénètre par une coupe dans le tissu pulmonaire, on voit que le sang s'est infiltré dans certains lobules de la superficie et y a formé des nodules noirâtres plus ou moins denses (apoplexie). Bronches congestionnées, renfermant des mucosités rougeâtres.

Environ 500 grammes de sérosité ictérique dans le péricarde. Ecchymoses sous-péricardiques, de 2 à 7 ou 8 millimètres de diamètre. Le ventricule gauche contient un sang noirâtre, à demi-coagulé. Vaste ecchymose sous l'endocarde, le long des colonnes charnues. Myocarde mou et flasque, d'une teinte jaune pâle, se laissant écraser sous la pression entre les doigts. Mêmes détails au ventricule droit ; l'endocarde y est teinté de jaune. Rien de particulier aux orifices et valvules.

Cavité abdominale. — Foie. Lobe droit un peu diminué ; lobe gauche considérablement diminué de volume. La capsule de Glisson se ride sur la face convexe des deux lobes. Teinte ictérique très-prononcée dans le lobe droit avec congestion intense de la substance propre, la partie qui appartient à la capsule de Glisson ressortant avec une couleur jaunâtre. Sur le lobe gauche, on trouve des espaces assez profonds où le tissu hépatique a pris une coloration jaunâtre, et dans laquelle la circulation centrale des lobules a cessé. En somme, les altérations du foie sont à une période de congestion qui masque l'altération graisseuse des lobules dans le lobe droit, plus avancée dans le lobe gauche. La vésicule contient une petite quantité de bile verdâtre.

Le foie pèse 1,170 grammes (non lavé). .

La rate est ferme, d'un rouge assez vif à la coupe ; poids, 200 grammes.

Reins. Le droit présente une teinte ictérique générale dans toute la couche corticale ; les colonnes de Bertin sont particulièrement altérées. La couleur jaunâtre décèle l'altération graisseuse. Le rein gauche porte les mêmes caractères et, en plus, des suffusions sanguines.

Vessie, pleine d'urine. Ecchymoses sous la muqueuse, surtout à la face postérieure et vers le sommet.

Estomac. Il contient un sang noirâtre, décomposé. Au niveau de la grosse tubérosité, forte congestion de la muqueuse avec suffusions sanguines sous-muqueuses. Vers la grande courbure et la région pylorique, aspect mamelonné de la muqueuse. Aucune ulcération.

L'intestin contient des matières fécales d'un jaune-verdâtre et n'offre pas d'altération.

Cerveau. Nerfs et vaisseaux de la base, sains. Méninges normales. Substance cérébrale déjà ramollie par la décomposition cadavérique. Congestion assez intense de l'épendyme dans les ventricules latéraux. Plexus choroïdes congestionnés. Rien de particulier dans les noyaux gris.

Nous appelons particulièrement l'attention du lecteur sur les renseignements transmis par M. Mengin sur les débuts de ce premier cas et du suivant. Ces notions sont de la plus grande importance pour la question de cause et de nature.

OBS II. — D. ., 24 ans, très-robuste, très-sobre, n'a jamais été malade depuis quatre ans qu'il est au 1er escadron du train des équipages. En ce moment, prévôt d'armes.

« Le 7 juin, d'après M. Mengin, il se présente à la visite de la caserne. Il accuse un manque d'appétit depuis la veille et de la lassitude. Langue saburrale. Rien autre chose de particulier; l'homme n'a pas dérogé à ses habitudes de tous les jours. Nous attribuons son indisposition à la température qui s'est brusquement élevée depuis quelques jours, et, pensant avoir affaire à un simple embarras gastrique, nous prescrivons : sulfate de soude 45 grammes, infusion de thé; repos et manger fort peu, le soir.

« Le 8, il se représente à la visite, déclarant se trouver un peu mieux. Il a eu quatre selles assez copieuses. — Repos, infusion de quassia amara avant le repas.

« Le 9, il dit se trouver beaucoup mieux, croit que l'appétit est revenu et ne se plaint que de fatigue dans les jambes.

« Le 10 au matin, on nous prévient qu'il ne peut se lever. Nous le trouvons dans son lit; la journée de la veille avait été bonne, mais dans la soirée il s'est senti très-abattu. Langue très-sale, pas d'envie de vomir, pas de diarrhée ni de constipation accentuée. Il n'accuse aucun point du corps particulièrement douloureux, seulement une grande faiblesse. Pas de fièvre ; pouls à peu près normal. La parole est un peu embarrassée, ce qui semble tenir à un peu de subdelirium, pupilles très-dilatées, égales, contractiles; pas d'ictère. Les camarades disent qu'il a été très-agité pendant la nuit. Nous le faisons transporter à l'infirmerie. Sulf. de soude 40 gr.

« A quatre heures du soir, nous constatons un ictère médiocrement accusé, du délire, le facies profondément altéré. Le purgatif n'a pas produit de selles, mais il a provoqué des vomissements liquides à trois reprises différentes, qui suivaient de près l'ingestion du verre d'eau purgative ; les matières vomies ne contenaient pas de sang. Nous le faisons transporter immédiatement à l'hôpital. »

Entré le 10 juin, à 6 heures du soir. (L'observation est prise dès lors par M. Doléris). Etat somnolent, pseudo-comateux, avec obnubilation des idées assez prononcée. Coloration ictérique légère de la peau du dos, du visage et du cou, à peine marquée aux membres. Douleur vive à la pression dans l'hypochondre droit ; la percussion arrache des gémissements au malade. Elle révèle une notable diminution du volume du foie ; la matité hépatique, dans la ligne mamelonnaire, est de trois travers de doigt seulement, au-dessous de la 7e côte. Rate normale. Hoquet intermittent. Les lèvres du malade sont recouvertes de croûtes sanglantes, les gencives sont saignantes, il aurait craché du sang dans la journée. Pupilles dilatées, égales. — Râles crépitants aux deux bases. — Battements du cœur précipités, forts, irréguliers, avec intermittences; le 2e temps manque à la base et à la pointe. — Pouls faible, à 120. Temp. rect. 38°,4 (à 7 heures soir) ; 40 respir. non stertoreuses.

A peine couché, le malade a conservé l'hébétude et la résolution générale qu'il présentait à l'arrivée. Lorsqu'on essaie de le tirer de cet état, il se manifeste pendant quelques instants une agitation assez marquée. La sensibilité générale est fort émoussée. Le malade change parfois de position, par un mouvement lent et automatique, puis retombe dans son immobilité.

On aperçoit quelques taches purpuriques au coude-pied et aux

poignets, quelques ecchymoses sur l'épaule droite. — Sinapismes.
A onze heures et demie soir ; même état. Pouls 120 ; temp. rect.
38°,2. 40 respir. Pendant la nuit, coma mêlé d'agitation délirante et de
cris.

Mort le 11, à six heures du matin.

AUTOPSIE, le 12 juin.

Cadavre bien conservé, ictérique, d'un homme vigoureusement
musclé. Sclérotiques jaunes.

Cavité thoracique. — Ecchymoses sous-pleurales, dans les espaces intercostaux. A gauche, sous la plèvre viscérale et le long du bord
postérieur du poumon, ecchymoses, discrètes au sommet, confluentes
et étendues à la partie inférieure. Le lobe inférieur, dense à sa partie
postérieure, présente un grand nombre de nodules noirâtres, fermes,
dont la coupe est assez analogue à celle d'une truffe. Ces noyaux d'a-
poplexie, petits, mais très-nombreux, sont séparés par des zones de
tissu pulmonaire sain. Le lobe supérieur est moins atteint, quoique renfermant aussi quelques noyaux. — A droite, la surface externe du
poumon est parsemée d'ecchymoses saillantes, surtout le long de la
scissure interlobaire et de la face postérieure ; elles sont superficielles
et ne pénètrent que de 2 à 3 millimètres dans le poumon. A la coupe,
teinte rouge uniforme ; tissu pulmonaire friable ; congestion œdéma-
teuse assez intense. Ecchymoses sous-pleurales à la face inférieure de
ce poumon droit : noyaux peu nombreux d'apoplexie au lobe inférieur.

Vastes ecchymoses le long de la face postérieure du cœur et même petits foyers sanguins, saillants, de la grosseur d'un grain de blé.
Le tissu musculaire du cœur est flasque, de teinte feuille morte, friable. L'endocarde de la cloison interventriculaire porte quelques ecchymoses à gauche ; cette membrane a la teinte ictérique dans les deux
ventricules. Les cavités sont vides ; les valvules, saines.

Il y a un épanchement sanguin assez considérable dans le tissu cellulaire, le long de la paroi postérieure de l'œsophage ; rien de particulier sur la muqueuse de ce canal.

La muqueuse laryngée et trachéale porte les traces de la congestion.

Cavité abdominale. — L'estomac n'offre à noter que de petites ecchymoses vers la grande courbure et un état mamelonné très-prononcé
de la muqueuse vers la région pylorique.

Le foie disparaît derrière une masse intestinale, à l'ouverture de
l'abdomen, caché sous la voûte diaphragmatique. Il est extrêmement
réduit de volume et pèse 850 grammes. La capsule de Glisson est ridée.
L'extrémité droite du lobe droit a une teinte maigre-de-jambon, à travers laquelle on note quelques points jaunâtres, disséminés. La coupe,
à la partie inférieure, fait voir une teinte d'un jaune brunâtre ; à la
partie supérieure, au contraire, on trouve la partie centrale des lobules
assez congestionnée pour donner une teinte marbrée au tissu du foie.
Ce tissu est suffisamment résistant à la pression du doigt. Le lobe gau-

che a des lésions plus avancées : il est de teinte rhubarbe et la coloration rouge centrale n'y est plus apparente.

La vésicule contient un peu de bile verdâtre.

La rate, un peu augmentée de volume, est rouge, ferme, avec quelques points ecchymotiques:

Le rein gauche est volumineux. La couche corticale, tuméfiée, a une teinte jaunâtre ; les glomérules de Malpighi sont très-saillants. Il y a, en somme, une altération graisseuse, dissimulée par une teinte ictérique. Le rein droit présente une vaste ecchymose à la partie inférieure et postérieure, dans la capsule adipeuse. Il est augmenté de volume et présente une altération générale de la substance corticale, qui est tuméfiée, teintée en gris jaunâtre.

Vers le sommet de la vessie, un peu de pointillé hémorrhagique.

Les matières contenues dans l'intestin grêle sont fortement colorées en jaune ; elles le sont moins dans le gros intestin. Vers l'attache du mésentère on trouve une vaste ecchymose sous-péritonéale qui se prolonge jusque sous l'S iliaque.

Cavité crânienne. — Suffusion sanguine sous la pie-mère frontale, ne pénétrant pas dans la substance du cerveau. Pointillé dans la substance blanche.

II

EXPOSÉ CLINIQUE GÉNÉRAL ET ANALYSE DES SYMPTÔMES.

Nous n'allons pas offrir ici un tableau dont les traits essentiels aient le mérite de la nouveauté ; on peut même dire qu'ils sont déjà familiers au lecteur, n'eût-il, à défaut d'expérience personnelle, que la mémoire des descriptions classiques de l'ictère grave ou de celles, il faut le dire, des empoisonnements phosphoriques.

Il est utile d'indiquer d'abord la marche générale des accidents. On a toujours observé des *prodromes* ; à notre sens ceux-ci ont été vus à la caserne plus qu'à l'hôpital, ou plutôt à l'exclusion de l'hôpital. M. le docteur Mengin nous a remis deux notes, qui viennent d'être reproduites avec les observations et dans lesquelles on trouve un exposé minutieux des circonstances de cette période. A vrai dire le point délicat est d'en déterminer les limites; nous supposons qu'elles sont comprises entre les premiers signes d'indisposition et le début de l'ictère. Frerichs (*Traité pratique des maladies du foie*, 2ᵉ édition. Paris, 1866, pag. 229-230) a fait une autre répartition ; il a compris l'apparition de l'ictère dans les prodromes et a conduit ceux-ci jusqu'aux accidents nerveux qui, sans doute, démontrent au point de vue phénoménal la gravité de l'ictère, mais ne sont pas la preuve nécessaire de la nature de l'affection. Nous préférons arrêter les prodromes au moment où se présente le signe attestant que le processus anatomique, dont relèveront plus tard les accidents nerveux, a commencé.

Ces prodromes durent, en général, peu de temps. Dans un cas mortel, l'ictère apparut dès le premier jour ; dans un autre, qui devait avoir la même issue, l'ictère ne fut perceptible que le troisième jour. Pour les autres, la durée des prodromes a varié entre ces deux limites extrêmes.

Les signes de cette période sont : le malaise général, la courbature, le sentiment de brisement des membres ; un mal de tête plus ou moins intense ; la perte de l'appétit et du sommeil, la douleur épigastrique ou tout au moins la sensibilité à la pression de cette région, quelquefois une douleur spontanée à l'hypochondre droit, la constipation assez rarement ; la diarrhée jamais.

Avec l'ictère commence selon nous la *phase d'état*, signalée, du reste, par deux nouveaux phénomènes de haute importance : les vomissements et les hémorrhagies. A ce moment, sans doute, il y a *ictère grave*, comme on dirait ailleurs qu'il y a fièvre jaune. Le processus atrophique, ou stéatosique, du foie et des viscères est en voie d'évolution ; les accidents nerveux sont évidemment en perspective, ils existent en puissance, puisqu'ils résulteront de ce qui s'accomplit actuellement ; s'ils manquent, c'est que l'activité ou l'énergie du processus s'est épuisée un peu en deçà du point où ils auraient éclaté, ou bien que la résistance individuelle a été plus difficile à vaincre. Les accidents nerveux ne marquent donc point la phase d'état de l'ictère grave ; mais nous pensons qu'ils doivent servir à diviser cette phase en deux périodes, dont la seconde heureusement peut manquer : 1º période de l'ictère ou de la stéatose viscérale ; 2º période des accidents nerveux ou de l'empoisonnement.

A. *Période de l'ictère*. — Elle comprend, outre la coloration du tégument, des troubles gastriques, intestinaux, circulatoires, de calorification et de sécrétion qui, sans doute, persisteront parfois (non toujours), dans le même sens, à l'époque des phénomènes nerveux. Mais alors, le désordre cérébro-spinal accapare toute la scène morbide, de même que, dans la première période, le tableau symptomatologique est rempli par les troubles de la fonction hépatique et ses nombreux corollaires.

Cette période, la seule observée dans les cas heureux, est courte dans les cas mortels : trois fois sur quatre dans ceux-ci, elle a duré trois jours au plus ; une fois, cependant (Obs. III), elle a duré cinq jours. En la terminant, dans les cas heureux, au moment où la restitution de la coloration normale a lieu, elle atteint aux envi-

rons de douze jours. C'est également le terme qu'indique le retour confirmé du pouls, de la température, à leur chiffre physiologique; nous pouvons ajouter : la réapparition des proportions
moyennes de l'urée dans l'urine.

Le caractère dominant de la physionomie que présente cette
période est la dépression et l'amoindrissement des actions vitales.
Voici, d'ailleurs, l'analyse des symptômes.

Fonctions digestives. — La perte de l'appétit est constante et,
dans les cas graves, absolue. Même alors qu'il n'y a pas de vomissements, le goût pour les aliments est tout à fait aboli. La soif fut
vive trois fois.

La langue reste humide, et se couvre à peine d'un léger enduit
saburral, blanchâtre, plus épais à la base.

Dans deux cas, on a noté un état saignant des gencives. Toujours nous avons été frappés de l'extrême fétidité de l'haleine
que nous étions arrivés à qualifier d'haleine « fécale », et qui per-
sistait pendant toute la période d'état chez les sujets destinés à
guérir.

La nausée n'a manqué que dans les cas légers, à la fin de la série (Obs. VIII, IX et X). Habituelle dès le début, nous l'avons
quelquefois encore retrouvée à une époque avancée de cette période. Les vomissements spontanés se sont présentés cinq fois,
parmi lesquels les quatre cas mortels. Ils ont consisté en liquides muqueux purs, souillés de bile jaune, verdâtre ou vert bleuâtre, mélangés de sang dans les cas graves (Obs. I, II). Un des malades qui ont survécu a eu des vomissements d'aliments et de tisane
jusqu'au dixième jour de sa maladie.

La diarrhée n'a été notée dans aucun cas ; la tendance contraire
semble avoir été constante, soit dès le début, soit plutôt pendant
le cours de la période dont nous nous occupons. On trouvera l'absence de constipation, mentionnée dans les observations I et III; le
fait reste douteux pour l'observation II. Mais, comme on s'est hâté,
avec raison, d'administrer des évacuants dès le début, et que bien
peu après, la mort est arrivée, il est difficile de dire ce qu'eût été
cette fonction, si les choses eussent été abandonnées à elles-mêmes. Il est probable que la constipation se fût montrée; c'est ce
qui eut lieu dans les cas bien accentués, mais non mortels, par
conséquent dans lesquels l'observation put être prolongée. On remarquera, à cet égard, les observations IV, VII, VIII.

En raison de circonstances qu'on s'explique aisément, on ne
put, à la caserne, reconnaître l'aspect ni la nature des selles, spontanées ou provoquées par les purgatifs. On fit cet examen à l'hôpi-

tal, mais encore ne put-il porter que sur les selles des malades qui ont guéri, c'est-à-dire apparemment les moins malades. L'on constata la décoloration des selles une fois, la couleur gris-sale sans fumet fétide une fois, la coloration olive-foncée sans fumet fétide une autre fois; dans ces trois observations, les selles étaient fermes, moulées ou même ovillées.

Le ventre était constamment plat ou même rétracté, sans phénomènes douloureux spontanés, ni provoqués, sauf chez un malade (Obs. VIII), qui accusa des coliques diffuses, alors qu'il ne paraissait pas partager avec les autres un des accidents les plus ordinaires, la sensibilité épigastrique. La douleur spontanée, au creux de l'estomac, s'est montrée dans presque tous les cas assez durable; le plus habituellement, cette douleur était exaspérée par une palpation un peu profonde; dans l'observation V, on ne trouvait pas de douleur provoquée, tandis que le mal d'estomac spontané s'était offert; le contraire se remarqua dans les observations VII et X. Quatre fois, la douleur et surtout la sensibilité à la pression étaient aussi vives dans l'hypochondre droit qu'au creux de l'estomac.

Circulation.— Cette fonction a présenté deux ordres de troubles d'une extrême importance, à savoir : les hémorrhagies et les modifications du pouls.

Les hémorrhagies perceptibles pour la clinique, quoique frappantes, n'ont généralement pas été en rapport avec la gravité et la multiplicité de celles qui ont été reconnues dans les autopsies. On dirait qu'elles ont été, chez nos malades, poussées vers l'intérieur plutôt qu'à la périphérie, contrairement à ce qui a été observé dans des épidémies analogues et dont il sera parlé ultérieurement.

Nous avons noté les vomissements hémorrhagiques trois fois (cas mortels); trois autres fois (cas qui ont guéri), il y a eu des épistaxis plus ou moins répétées. Il a déjà été dit qu'on avait vu deux fois les gencives saignantes; on ne sait positivement s'il y a eu des selles hémorrhagiques, mais le fait est peu probable. Il n'y a jamais eu de véritables pétéchies; seulement, on a pu remarquer plusieurs fois des lividités ecchymotiques sous-tégumentaires dans des points qui avaient subi un choc ou une compression; dans tous les cas mortels et même dans quelques-uns des plus graves parmi ceux qui ont guéri, l'hémorrhagie sous-épidermique paraissait toujours imminente; on obtenait une marque rouge persistante par un simple coup d'ongle et le malade de l'Obs. VII s'était fait quelques plaques de pointillé hémorrhagique en se grattant la poitrine.

Les caractères du pouls pendant la période ictérique sont des plus remarquables et très-constants, conformes d'ailleurs à ce que l'on sait de l'action dépressive de la bile sur les mouvements circulatoires. Nous n'avons qu'une observation (de M. Mengin) sur l'état du pouls pendant la période prodromique; dans cette constatation, le pouls était à 85, ce qui tendrait à prouver que le mouvement sanguin est accéléré au début. Ce fait, s'il est réel, n'aurait rien d'extraordinaire; l'arrivée d'un élément étranger, fût-il dépressif, dans le sang. peut bien occasionner tout d'abord une accélération circulatoire, par irritation, nous dirions presque par émotion; c'est une conséquence mécanique. Mais dès lors, et très-rapidement, se produit le ralentissement progressif du pouls, qui peut atteindre à des chiffres singulièrement bas, comme on le voit dans les tracés annexés à ce travail. Il est nécessaire, toutefois, de faire à leur égard quelques réflexions.

La descente progressive du chiffre des pulsations radiales se voit au mieux dans le tracé des cas qui ont eu une terminaison favorable; le fait est dû, non seulement à ce que l'empoisonnement cérébral n'a pas fait intervenir l'action désordonnée du système nerveux dans les phénomènes morbides, mais encore, sans doute, à ce que les lésions de nutrition viscérale, qui constituent notre maladie, s'accomplissaient avec lenteur et une sorte de régularité; il y avait peut-être aussi empoisonnement, mais à petites doses, mathématiquement versées à l'économie, sans à-coup. Il n'en est pas de même de la courbe du pouls dans les cas mortels.

Négligeons les tracés des Obs. I et II, qui ont été commencés tard et sont trop courts. Il reste les tracés des Obs. III et VI. Celui de la dernière est dans la règle, ou à peu près; on y voit, en effet, le pouls déjà peu élevé (à 60), s'abaisser encore (à 46), même alors que commencent les accidents nerveux, deuxième période de la phase d'état. Mais le tracé du pouls est autrement accidenté pour l'Obs. III; de 68, il descend d'abord à 60 et reste à peu près à ce taux pendant deux jours; puis, il fait une ascension brusque à 78 pulsations, pendant que la température baisse encore, pour retomber le soir du même jour, à la veille de prendre le grand mouvement ascensionnel de la crise finale. Il nous semble bien que cette pointe, qui a interrompu la régularité de la descente, est l'indice d'une recrudescence dans l'activité du processus primitif, de l'arrivée d'un flot nouveau de matière étrangère dans le sang, circonstance grave par elle-même, et par suite de l'état d'ébranlement dans lequel elle trouve déjà l'économie. On remarquera que ce cas n'avait pas présenté d'hémorrhagies initiales, et pendant quatre jours avait pu être considéré comme laissant de l'espoir. Quelque chose d'analogue s'observe dans le tracé de l'obs. IV, dont l'issue fut heureuse, mais quelque temps indécise.

En rapprochant le tracé des cas de guérison du texte même de chacun de ces récits, on s'apercevra que souvent le chiffre du pouls continue à baisser, ou du moins reste très-bas, même alors que les autres signes rendent visible l'arrivée de la convalescence. Ce n'est donc point que le sang conserve plus longtemps que d'autres tissus les éléments étrangers, mais c'est que l'action exercée sur la motilité du cœur se fait sentir à distance. Ce que nous disons là, du reste, est une constatation plutôt qu'une explication.

Le pouls, en lui-même, a été d'ordinaire large et plein dans le commencement de cette période; plus tard, il prenait un certain degré de mollesse et de dépressibilité.

Respiration. — Cette fonction, pendant la période ictérique, n'a pas paru notablement influencée, sauf qu'elle a perdu quelque peu de son énergie, tant sous le rapport de la fréquence que sous celui de l'amplitude des mouvements respiratoires.

Calorification. — La température n'a jamais pu être recherchée dans la période prodromique. Cette importante exploration, régulièrement pratiquée dès l'entrée des sujets à l'hôpital, par les soins d'un élève de notre service, M. Doléris, engagé conditionnel, déjà très-familiarisé avec les bonnes habitudes des cliniques de Paris, a donné des résultats toujours concordants et d'un incontestable intérêt. La première observation thermométrique a d'ordinaire fourni le chiffre le plus élevé de toute la période de l'ictère; il n'y a qu'une exception, le tracé de l'obs. IV, déjà irrégulière sous le rapport du pouls. Cette particularité permet de croire que le début de cette période est normalement signalé par une élévation marquée de la température, rapide probablement et atteignant en peu de temps le plus haut degré que le thermomètre marquera, en dehors de la période nerveuse, si elle survient. Que l'on considère, par exemple, les tracés des obs. V, VII, VIII; le premier chiffre thermique noté est le plus fort; mais nous n'avions pas eu les hommes à notre disposition dès l'apparition de l'ictère. Comme le tracé suit dès lors, constamment, une ligne descendante, il est légitime de penser que notre première notation tombait déjà sur un degré inférieur à celui qui eût été recueilli la veille, si l'exploration instrumentale avait eu lieu.

Bien que partie d'un point où le degré thermique est supérieur à la normale, il est douteux que la courbe puisse, à aucun moment, être rapportée à une vraie défervescence; il y a, dans cette dégradation continue, une sorte de *type tombant*, assez rare en clinique. On remarquera facilement que la chute thermique se fait tantôt sans aucune oscillation, tantôt avec des oscillations irrégulières et qui ne rappellent nullement les exacerbations vespérales des fièvres. Quand cette chute va jusqu'au dessous de la normale moyenne, ce n'est certainement pas un signe favorable, puisque nous la voyons coïncider, dans l'obs. III, avec le début des accidents nerveux et, dans l'obs. VII, avec la journée la plus anxieuse de tout le décours de ce cas pathologique. Dans l'ensemble des tracés, on peut retrouver, jusqu'à un certain point, sous cette marche descendante uniforme, quelque chose qui rappelle l'impulsion initiale d'un principe spécifique, ayant impressionné le système nerveux et toute la vitalité; mais les accidents de détail des courbes semblent plutôt subordonnés aux incidents de l'évolution d'un processus anatomique.

Absolument, le dégré thermique n'a jamais été élevé pendant la période de l'ictère ; le chiffre le plus haut a été 39° (cas heureux). La chute n'a jamais été profonde; deux fois seulement elle a atteint 37°. Il s'est toujours agi de température rectale.

Tégument. — Le principal symptôme de ce côté a été, comme on pense, la coloration ictérique. Il a été manifeste que la teinte de cette jaunisse différait sensiblement de celle de l'ictère bénin ; elle n'atteignit jamais l'intensité, le jaune safran, qui caractérise souvent l'ictère catarrhal ; la nuance était très-claire et un peu verdâtre. Le tégument avait, de plus, une sorte de lividité, sous sa mince couche de jaune ; à la face, par exemple, le rouge des joues passait à la nuance cyanique. Là où il y avait une compression, même récente, ce rouge livide apparaissait ; c'est dire que l'on en trouvait toujours de larges plaques aux régions postérieures du corps. Nous avons déjà dit que ce phénomène atteignait parfois presque à l'ecchymose. Une fois, nous avons vu, sur la poitrine d'un malade, une éruption discrète de papules rosées fort semblables aux taches lenticulaires de la fièvre typhoïde. Il ne paraît pas y avoir jamais eu de démangeaisons particulières à la peau.

Sécrétions. Nous ne ferons que mentionner, pour n'y plus revenir, l'absence de sueur sensible et même la sécheresse de la peau pendant toute la période ictérique.

Les troubles qui méritent par-dessus tout l'attention, dans l'ordre d'idées actuel, sont ceux de la sécrétion biliaire et de la sécrétion urinaire, ou, pour mieux dire (nous nous expliquerons sur ce sujet), *les troubles de la fonction hépatique.*

C'est à cause de cela que nous avons réservé pour cette place les résultats de l'exploration du foie pendant la vie. La percussion de la région jécorale a toujours donné une diminution de la matité, considérable dans les cas mortels et presque aussi prononcée dans les cas les plus graves de ceux qui ont guéri, faible ou douteuse dans les quatre cas les plus légers. Nous avons reconnu, dans quelques occasions, une réduction de la matité hépatique à 4 ou 5 centimètres tout au plus, mesurés sur la ligne verticale mamelonnaire. Elle diminuait à proportion dans le sens transversal. Comme d'habitude, la réduction se faisait par en bas beaucoup plus que par en haut et, malgré son peu d'étendue, la matité hépatique commençait toujours entre la septième et la huitième côte. Quand le foie diminue de volume, il ne reste pas moins collé à la voûte diaphragmatique ; les intestins viennent occuper de bas en haut la place abandonnée par la rétraction du foie, ce qui est même une des raisons du *ventre plat*, signalé précédemment.

Il a semblé, dans plus d'une observation, que nous suivions assez bien, soit les progrès de l'atrophie, soit au contraire son arrêt et le retour de l'organe à un volume plus rapproché de la normale. Toutefois, trois des cas mortels prouvent qu'une atrophie très-avancée peut s'être accomplie dans l'espace de 4 à 5 jours.

Toujours, sauf le cas ébauché de l'Obs. IX, il y a eu *ictère biliaire*, c'est-à-dire diffusion de la bile avec ses matières colorantes propres dans les tissus (le tissu cellulaire surtout, comme d'habitude). Nous signalerons plus tard la coloration jaune de certains départements du tissu cellulaire profond, celui du médiastin, par exemple. Dès maintenant, ce qui prouve péremptoirement que notre ictère était biliaire, c'est la présence constante des matières colorantes de la bile dans l'urine, vérifiée par des analyses de chaque jour. Voilà un détail de la plus haute importance : malgré ses caractères objectifs, sa teinte paille, les rougeurs livides sous-jacentes, malgré les hémorrhagies qui l'accompagnaient, cet ictère a été biliaire et non hématique. Il est à remarquer aussi, comme prouvant, dans le même sens, que l'ictère de nos malades a été constamment l'un des premiers phénomènes et antérieur aux vomissements de sang ou autres manifestations hémorrhagiques; quelquefois même, il a été indépendant de toute hémorrhagie externe. Enfin, dans les derniers jours des cas terminés par la mort, pendant les accidents cérébraux et à la veille du jour où l'autopsie allait nous révéler les hémorrhagies interstitielles, l'ictère paraissait moins augmenter que diminuer, c'est-à-dire le contraire de ce qui eût dû arriver, s'il eût été *hématique*.

Arnoult.   2

l.'ictère s'est toujours montré de bonne heure et a rapidement atteint son maximum d'intensité ; d'ordinaire, vingt-quatre heures y ont suffi. La rétrocession a été lente et n'a été manifeste que du dixième au douzième jour, ainsi que nous l'avons dit, quand les accidents nerveux ne sont pas venus provoquer le dénouement fatal.

L'autre trouble de la fonction hépatique consiste dans certaines modifications (non pas toutes) de la constitution de l'urine de nos malades, déjà mentionnée, et de la variation, souvent extraordinaire, des proportions d'urée dans ce liquide.

Autant que nous puissions conclure d'analyses faites avec soin par M. Thibaut, ancien interne des hôpitaux de Paris, chef des travaux chimiques de la Faculté de médecine, sur des urines que nous lui avons fait remettre, les proportions d'urée ont été augmentées (de plus du double de la moyenne) au début de la période ictérique ; le fait, constaté dans deux cas seulement, peut-être trois, sur sept analysés, est tellement frappant que nous inclinons à croire qu'il en est toujours ainsi et que, quand nous ne l'avons pas retrouvé, c'est que notre analyse arrivait trop tard.

Mais bientôt le chiffre de l'urée fléchit brusquement et tombe singulièrement bas, pour se maintenir à ce taux pendant tout le temps que la période ictérique conserve des allures indécises, laissant planer la crainte de l'explosion des accidents nerveux où, du moins, ne permettant pas d'entrevoir sûrement le dénouement heureux. Quand ces accidents nerveux surviennent, la diminution d'urée dans l'urine persiste, et même s'exagère. Quand la convalescence commence à poindre, le chiffre de l'urée urinaire, au contraire, se relève peu à peu et se rapproche de la moyenne ; de sorte que l'on peut reconnaître cet événement désirable à trois signes univoques : le retour du rhythme du pouls, le relèvement de la température, le relèvement du chiffre de l'urée urinaire. Comme on le voit dans le tableau ci-joint, le degré de diminution du chiffre de l'urée paraît proportionné à la gravité du cas ; quand il n'y a plus que 10 grammes d'urée par litre d'urine, le pronostic devient des plus sombres.

Les modifications dans la quantité d'urine rendue dépendent, sans doute, de l'intégrité de la fonction rénale et non plus de l'état du foie. Elles se placent, néanmoins, naturellement ici. La quantité journalière d'urine, normale, ou à peu près, au début de la période ictérique, diminue coïncidemment avec les symptômes les plus accentués de malaise et les plus inquiétants pour la marche ultérieure de la maladie ; puis, elle se relève avec les autres modifications séméïologiques de bon augure, pour arriver à dépasser sensiblement la moyenne générale. Aux plus mauvais moments, l'urine de vingt-quatre heures est restée au-dessous de 600 grammes.

Dans les cas mortels, on a noté la présence ou simplement des traces d'albumine, jamais des quantités dosables (M. Thibaut) ; le sucre n'a jamais été rencontré dans ces urines. Une des analyses signale un dépôt considérable qui a été reconnu renfermer du mucus et des urates ; aucun débris qui parût provenir de l'épithélium rénal ou du contenu des tubuli. Les proportions d'acide phosphorique urinaire ont très-généralement été au-dessous de la moyenne.

La couleur de l'urine, dans la période ictérique confirmée, a toujours mérité plus ou moins complétement la comparaison avec la nuance de l'infusion de café, que nous avions fini par adopter uniformément dans la rédaction de nos observations. Une couche d'un centimètre, et même moins, de cette urine, suffisait à faire disparaître entièrement le fond du vase (faïence avec émail blanc). Aux bords de la masse liquide, et en inclinant le vase de manière à faire arriver une lame mince d'urine le long de la paroi blanche, l'urine paraissait jaune-brun avec un reflet verdâtre. La réaction de cette urine se montra constamment acide ; son odeur était fade et aigrelette. (Voir ci-après le tableau des analyses d'urine.)

TABLEAU DES ANALYSES D'URINE, remis par M. THIBAUT. (On en a supprimé 3° à la réaction, qui a toujours été acide; 4° à la couleur, qui est suffisamment indiquée dans les observations [1].) les colonnes relatives : 1° au glycose; 2° à l'indican, qui ont toujours été absents

NOMS.	DATES.	URINES par jour.	DENSITÉ.	ALBUMINE.	MATIÈRES colorantes biliaires.	URÉE par jour.	ACIDE phosphorique par jour.	OBSERVATIONS.
		gr.				gr.	gr.	
N.........................	16 juin	?	1.017	0				
Pour.....................	17 —	1.700	1.025	Présence	Présence	4.25	?	Par litre (autopsie).
id....................	18 —	900	1.019	0	id.	58.70	?	
id...................	20 —	300	1.023	Présence	id.	5.265	?	
id....................	20 —	?	1.019	0	id.	1.85	0.674	
id....................	20 —	?	1.020	0	id.	5.01	1.46	Par litre.
Cor.....................	20 —	250	1.026	Présence	id.	3.00	1.46	Par litre (autopsie).
id....................	21 —	1.000	1.027	Traces	id.	4.625	1.394	
id....................	20 —	300	1.026	id.	id.	11.0	2.947	
id....................	22 —	500	1.025	0	id.	2.15	1.096	
Cas.....................	20 —	1.200	1.025	0	id.	9.5	1.999	
id....................	21 —	1.100	1.019	0	id.	54.2	3.116	
id....................	24 —	560	1.029	0	id.	48.96	2.28	
id....................	23 —	800	1.095	0	id.	26.98	1.712	Dépôt considérable.
id....................	24 —	1.100	1.021	0	id.	29.6	2.28	
id....................	25 —	1.200	1.027	0	id.	21.45	1.513	
id....................	27 —	1.500	1.016	0	id.	14.96	3.387	
id....................	30 —	560	1.026	0	id.	20.25	2.381	
Pas.....................	21 —	600	1.026	0	id.	5.29 [2]	5.276 [2]	
id....................	21 —	350	1.025	0				
id....................	22 —	?	1.024	0	id.	7.00	0.544	
id....................	23 —	1.500	1.026	0	id.	8.92	1.08	
id....................	24 —	1.500	1.020	0	id.	13.5	2.131	Par litre.
id....................	23 —	1.8.0	1.019	0	id.	23.25	2.37	
id....................	26 —	1.600	1.016	0	id.	27.0	2.18	
id....................	30 —	?	1.019	0	Absence	14.47	2.72	
Georg..................	20 —	750	1.0.8	0	id.	19.8	2.03	
id....................	21 —	1.100	1.019	0	id.	19.0	1.54	
id....................	22 —	600	1.025	0	Présence	15.0	0.38	
id....................	23 —	1.060	1.019	0	id.	18.7	2.62	
id....................	24 —	1.500	1.019	0	id.	19.20	1.458	
id....................	25 —	1.690	1.020	0	id.	18.27	1.19	
id....................	26 —	2.000	1.015	0	id.	16.0	3.54	
id....................	30 —	600 [2]	1.017	0	id.	18.75	2.34	
J........................	20 —	250	1.025	0	Absence	21.0	3.48	
id....................	21 —	1.100	1.019	Traces	id.	6.30 [2]	1.15	
id....................	22 —	835	1.020	0	Présence	9.0	0.544	
id....................	23 —	1.400	1.018	0	id.	31.25	2.27	
id....................	24 —	2.000	1.014	0	id.	14.18	1.979	
id....................	25 —	1.100	1.014	0	id.	18.2	1.72	
id....................	26 —	2.200	1.017	0	id.	16.0	2.562	
M.......[4].............	20 —	?	1.020	0	Absence	11.27	2.014	Par litre.
id....................	21 —	?	1.019	0	id.	22.0	3.33	
					id.	21.50	3.38	
					id.	30.5	2.80	

[1] L'urée a été dosée par le procédé Yvon.
[2] Il est certain (voir les Obs.) que la quantité d'urine rendue, ce jour-là, était normale ou même exagérée. On ne s'explique la faiblesse des chiffres de cette ligne qu'en soupçonnant que la personne chargée de porter les urines à l'analyse n'en ait pris que le tiers ou même le quart.

renseignements pris ultérieurement, cette supposition s'est trouvée être la vérité.)
[3] Nous ne nous expliquons pas ce chiffre si fort et tout à fait isolé. C'est probablement un cas ébauché.

L'observation suivante, cas mortel dans lequel la période de l'ictère a été longue, montre bien les caractères de cette période et son passage à la suivante, qui va être analysée.

Obs. III. — Pour..., 1er escadron du train des équipages, 23 ans, deux ans de service, de la Marne, exerçant la profession de charpentier avant son incorporation, très-robuste. Entré le 15 juin.

Malade depuis trois jours. Au début, maux de tête, sentiment de brisement des jambes, courbature générale, puis nausées et vomissements jaune-verdâtre. Apparition de l'ictère le deuxième jour. Perte absolue d'appétit; pas de constipation. Un vomitif à la chambre.

Le 15, matin. Affaissement, air ennuyé, intelligence nette. Langue humide, un peu enduite à la base. Ictère peu intense, jaune-verdâtre. Matité de la région hépatique un peu restreinte, surtout à gauche. Sensibilité à la pression au creux épigastrique et à la région gastro-hépatique; spontanément, il y a un sentiment de barre douloureuse dans ces mêmes régions. Inappétence complète. Pouls à 68, temp. rect. 38b,4. 16 respirations. — Limonade sulfurique, éther.

Dans la nuit, insomnie presque absolue; bouffées de chaleur a la face, non précédées de frisson. Sueurs.

Le 16. Même état. L'urine, rendue en quantité sensiblement normale, a la couleur d'une infusion de café noir, un peu jaune-vert aux bords du liquide. La sensibilité épigastrique persiste; il y a une velléité d'appétit. 1 portion, 2 de vin. Sulfate de quinine 1 gramme avec éther 1 gramme,

Le 17. Le malade a mangé sa portion, mais sans appétit. L'haleine reste fétide, presque fécale. Faiblesse extrême; il s'est levé une demi-heure. La matité hépatique continue à se réduire. Intelligence nette. Pupilles naturelles. — Encore 1 gr. sulf. quinine.

Le 18. Même état. A quatre heures du soir, l'homme nous donne, en présence de M. le médecin en chef Cuignet, avec la plus grande lucidité, tous les renseignements que nous lui demandons sur ses habitudes, son service, les circonstances auxquelles pourrait être attribuable son malaise (il n'en trouve, du reste, aucune). La matité absolue du foie ne donne pas plus de 4 centimètres dans la ligne mamillaire.

Dans la nuit, délire violent, vociférations.

Le 19. Sueurs profuses, résolution, cris et résistance dès qu'on cherche à communiquer un mouvement à l'un de ses membres. Yeux fermés. Ecchymoses sous-épidermiques par petits groupes de pointillé violet, surtout aux points où il y a eu compression (dos, hanches). Matité du foie de plus en plus diminuée.

A midi, agitation maniaque, cris inarticulés; on a peine à maintenir le malade, qui cherche à mordre les infirmiers employés à sa garde. La face est couverte de sueur. Le malade n'accepte que le vin sucré. On lui met la chemise de force. — Lavement de chloral 4 gr., serviettes mouillées sur la tête.

Mort le 20, à deux heures du matin.

TABLEAU DE LA TEMPÉRATURE (RECTALE) ET DU POULS,
DEPUIS LE LENDEMAIN DE L'ENTRÉE.

	Température rectale.		Pouls.	
	Matin.	Soir.	Matin.	Soir.
Le 16.	38°,8	37°,8	68	60
— 17.	37°,6	38°,0	64	64
— 18.	37°,0	37°,3	88	66
— 19.	37°,3	39°,0	120	125

(Si l'on ajoute que, le 15, la température avait été notée à 38°,4, on reconnaîtra une marche fébrile en deux temps, séparés par un intervalle à peu près apyrétique).

AUTOPSIE, le 20 juin (soir).

Cadavre ictérique, avec une teinte violacée aux parties déclives.

Cavité abdominale. A l'ouverture de l'abdomen, on remarque tout d'abord que le foie, refoulé par les intestins, est très-remonté dans l'hypochondre ; on en aperçoit à peine 3 à 4 centimètres.

Foie. L'organe est diminué de volume, il pèse 1,195 gramme. A la face convexe, on observe une série de petites taches blanchâtres qui viennent confluer en certains points, où elles communiquent une teinte jaunâtre au tissu hépatique. Sur la coupe, l'aspect lobulé est très-net ; les travées fibreuses péri-lobulaires sont très-marquées et forment une sorte de réseau dentelé très-élégant ; le centre de chaque lobule a une teinte brunâtre, foncée. Cet aspect est moins marqué dans le lobe gauche. Le tissu a conservé sa consistance normale.

Tout le mésentère et l'épiploon sont parsemés de taches ecchymotiques, ainsi que le tissu cellulaire des fosses iliaques et sous le péritoine rétro-vésical.

La rate est au moins doublée de volume ; son tissu est mou, parsemé de noyaux blanchâtres, qui sont les corpuscules de Malpighi très-tuméfiés.

L'estomac est normal, ainsi que l'ampoule de Vater et le cholédoque.

Le rein gauche est volumineux ; sa substance corticale est colorée en rouge-brun : les glomérules sont très-tuméfiés. Le rein droit, moins volumineux, est fort congestionné. Les pyramides, à leur base, ont un aspect marbré ; les colonnes de Bertin sont tuméfiées et teintées en jaune-brunâtre.

La muqueuse vésicale est très-ictérique.

Cavité thoracique. Le tissu cellulo-adipeux du péricarde a une teinte ictérique foncée avec des suffusions sanguines qui lui donnent un aspect marbré ; la graisse sus-cardiaque est également très-jaune.

Ecchymoses sur le péricarde viscéral ; les extravasations se sont produites à la face antérieure aussi bien qu'à la face postérieure ; elles sont plus nombreuses et plus marquées sur le cœur gauche. L'endocarde est uniformément teinté par l'ictère. Le myocarde est assez ferme, décoloré par places et conservant ailleurs son aspect rosé habituel. Eu égard aux cas précédents, le cœur est donc relativement sain.

Poumons. Le droit est emphysémateux au bord antérieur ; pénétré d'ecchymoses à son bord postérieur, lesquelles s'enfoncent d'environ un centimètre dans l'épaisseur du tissu pulmonaire. — Le gauche n'a que des ecchymoses superficielles à son bord postérieur ; toutefois, l'état apoplectique est un peu marqué à la base,

La muqueuse de l'œsophage est très-ictérique, ainsi que celle du larynx, qui est même jaune-verdâtre. Le corps thyroïde est un peu gras, mais sain.

Cavité crânienne. En incisant la dure-mère, on tombe sur un vaste caillot sanguin (150 gramm. environ), aplati, étalé sur la région pariéto-occipitale droite et se prolongeant jusque sur la tente du cervelet et dans la fosse sphénoïdale. Ce caillot siége dans la cavité de l'arachnoïde. Rien de pareil à gauche, où l'on voit à peine quelques points ecchymotiques disséminés. Les méninges sont un peu épaissies en avant et imprégnées d'une sérosité jaunâtre. La substance cérébrale est ramollie. Les ventricules sont vides.

B. Période des accidents nerveux. — Elle débute par l'agitation et le délire, arrive rapidement à son apogée et, dans les quatre cas où nous l'avons suivie, s'est terminée par la mort. Trois fois, nous avons assisté à toutes ses phases ; elle a une évolution vraiment foudroyante. La première et la seconde fois, elle a duré vingt-quatre heures ; la troisième, aux environs de quarante heures. Tout porte à croire que le malade de l'obs. II, dont nous n'avons vu que la fin, n'a pas langui davantage. Cependant, cette dernière scène peut encore se diviser en deux parties, ainsi d'ailleurs que tant d'autres types pathologiques où la mort arrive, comme ici, par le cerveau ; les phénomènes sont d'abord l'ataxie active, l'agitation aiguë, puis ils font place à la dépression, à la stupeur et au coma final.

Dès le début de cette période, il n'y a plus de vomissements. La constipation persiste ; il y a des urines involontaires ou, plus ordinairement, absence d'évacuation, quoique la vessie se remplisse. L'ictère diminue plutôt qu'il n'augmente ; mais la teinte rouge-livide, cyanotique, du tégument s'accentue davantage et prédomine. Un phénomène de sécrétion, nul jusque-là, devient extrêmement apparent, c'est la sueur ; il se manifeste sous forme de sueurs profuses, particulièrement abondantes à la face et sensibles jusqu'au dernier soupir du malade. Nous allons, au surplus, préciser quelques-uns des symptômes les plus importants.

Circulation. Le pouls n'accuse pas des premiers l'évolution im-

portante et désastreuse qui vient de s'accomplir. Il s'élève seulement après que le délire s'est manifesté, mais brusquement, à 100,
120, 140 pulsations ; il devient développé et résistant ; ces particularités durent presque jusqu'au terme fatal. L'auscultation du
cœur révèle des bruits un peu bourdonnants, irréguliers, affectés
d'intermittence.

Respiration. Les mouvements respiratoires s'accélèrent, comme
on le prévoyait, mais dans des proportions modérées. On a noté
24 respirations en pleine ataxie, 40 vers la fin. Il y a des râles
sous-crépitants ou crépitants, signes des apoplexies pulmonaires
multiples.

Calorification. Il est fort remarquable que l'ascension du thermomètre ne commence qu'après le début du délire et de l'agitation, et même plus tard que l'accélération des pulsations radiales.
Ses tracés, dus à M. Doléris, sont très-expressifs à cet égard, pour
les cas où l'on a pu assister au début de cette deuxième période.
(Voy. surtout les tracés des obs. I et III). Une fois que le thermomètre a commencé à monter, l'ascension continue d'une seule teneur
sans oscillations, et atteint à un degré très-élevé, 40°, 41° et davantage. L'exception n'est probablement qu'apparente pour l'obs. II,
où la température finale n'a pas été complétement explorée. Dans
le cas de l'obs. VI, M. Doléris eut l'idée de laisser le thermomètre
quelque temps encore après la mort et constata, au bout de 17 minutes, 43°,7. On sait que pareil fait n'est point rare et les explications ne manquent pas.

Système nerveux. Dans la première phase de cette période, il y
a surexcitation et incoordination de toutes les facultés. Le malade
parle, vocifère, sort de son lit, pousse des cris perçants lorsqu'on
veut le retenir, lutte énergiquement, frappe et mord les infirmiers ;
c'est un véritable délire maniaque, compliqué d'une hyperesthésie tégumentaire telle que le simple attouchement réveille les
manifestations furieuses chez le patient. Celui-ci prend, d'ailleurs,
des attitudes farouches ; il a la physionomie concentrée et l'expression de ses moindres traits accuse la volonté qu'on le laisse
tranquille. Jusque dans le coma, le déplacement d'un de ses membres, les contacts de l'exploration médicale, excitent des cris
et des gestes de résistance irritée. Il est bien possible que cette
forme du délire dépende un peu de la vigueur et des habitudes de
nos malades, jeunes gens d'allures militaires ; chez des individus
plus faibles et moins énergiques, il aurait peut-être d'autres as-
pects.

Il y a quelques convulsions toniques, de la raideur limitée à un côté du corps ou à un membre, presque toujours du trismus ; ce spasme est un des plus persistants. Les pupilles, d'abord moyennes, ne tardent pas à se dilater, quelquefois inégalement.

Le coma ne survient que progressivement et il existe encore une phase intermédiaire pendant laquelle l'excitation, les cris, les mouvements désordonnés, alternent avec la résolution. Enfin, celle-ci se prononce de plus en plus et devient définitive, si complète que le patient est insensible au pincement, aux révulsifs, aux ventouses scarifiées, et que ses membres cèdent à toutes impulsions. Le stertor respiratoire se fait entendre ; c'est l'agonie.

Terminaison. Dans tous les cas où les phénomènes nerveux qui viennent d'être décrits, ont été observés, la maladie s'est terminée par la mort. Dans les autres, la convalescence a été obtenue, très-franche, sans accidents intercurrents, quoique lente. Elle est signalée par la décoloration du tégument, le retour de la peau à sa nuance normale, l'abondance des urines, leur décoloration progressive, la restitution des proportions physiologiques de l'urée ; la réintégration des forces. Cette dernière condition est la plus longue à s'accentuer. Elle coïncide avec le réveil de l'appétit et le retour du sommeil. Nous avons pu acquérir la certitude que les guérisons, que nous avons jugées définitives, ont été effectivement complètes et ne se sont pas démenties.

TRAITEMENT. Nous rapprochons de l'exposé clinique l'histoire, peu instructive sans doute, des efforts que nous avons faits pour lutter, à l'aide de la matière médicale, contre un processus morbide qui, dès l'abord, se présentait avec des airs de fatalité fort décourageants.

À l'arrivée du premier malade, on ne songea d'abord, comme on l'a vu, qu'à parer aux manifestations gastriques d'un ictère, visiblement moins simple que ne l'est d'ordinaire l'ictère catarrhal, mais que l'on ne supposait pas sur le point de faire une si étrange dérogation aux habitudes des affections de ce genre, les plus communes dans la pratique de la médecine des garnisons. Dans ce but, on avait donné une boisson gazeuse, l'éther associé à l'opium. Quand on fut en présence, dès le lendemain matin, de l'état déjà comateux, interrompu seulement par des mouvements désordonnés, il fallut bien se presser et prendre une détermination thérapeutique. L'idée d'un accès pernicieux se présenta à l'esprit de quelques médecins de savoir et d'expérience ; on dut en tenir compte : *meliùs anceps quàm nullum*. On injecta, avec la seringue hypodermique, 9 décigrammes de sulfate de quinine, en deux fois ;

d'autre part, en desserrant de force les dents du malade, on lui fit avaler 2 grammes d'ipéca et 2 grammes de calomel. Cette médication n'eut aucun succès et ne parut même pas avoir une action quelconque. Dans l'après-midi, une saignée générale de 200 grammes resta tout aussi infructueuse; on se proposait de diminuer l'afflux au cerveau d'un sang qui paraissait posséder des propriétés toxiques.

Lorsque, après l'autopsie de la première victime, le mot d'*ictère grave* dut être prononcé, nous eûmes recours aux acides sous forme de limonade sulfurique ou azotique (à 2 grammes d'acide). Le troisième malade, cependant (qui devait fournir la troisième autopsie), pendant sa période ictérique relativement longue, reçut encore 2 grammes de sulfate de quinine, en deux jours, en raison de ce qu'il appelait sa poussée nocturne de fièvre, et, nous devons l'avouer, en raison aussi du besoin que nous éprouvions d'avoir le cœur net de toute préoccupation relative à des accidents de nature palustre. Cette éventualité sera directement envisagée plus loin; mais on peut dire, dès maintenant, que la thérapeutique l'écarta d'une façon très-nette.

L'idée d'un empoisonnement phosphorique, qui vient si naturellement, en face d'un ictère malin, nous porta à administrer l'essence de térébenthine, à la dose de 8 grammes par jour, dans une potion à peu près de même formule que la *potion de Carmichael*. Les malades qui ont pris ce remède ont guéri; mais il ne faut y attacher, croyons-nous, que peu d'importance. En effet, nous ne pûmes donner cette potion qu'un jour; elle est d'un emploi si désagréable, que nos malades se refusèrent à y revenir; elle rappelait chez eux la nausée, et nous soupçonnons fort que quelques-uns d'entre eux n'allèrent même pas jusqu'au bout de la première dose. Nous finîmes par en prendre notre parti et ne plus rechercher de spécifique; on s'ingénia à trouver des aliments capables de réveiller tant soit peu le goût des malades; le chocolat, le café au lait, les fraises au sucre, les potages divers, nous rendirent sous ce rapport quelques services; notre intention étant essentiellement de venir en aide à la vitalité générale, de quelque façon qu'elle fût lésée, nous complétâmes l'effet de ces ressources alimentaires par des boissons stimulantes, le café noir sucré et additionné d'alcool (20 à 60 gr. à 90°, par jour), par le vin sucré, le vin de quinquina, le vin de Banyuls, plutôt tous ensemble que l'un ou l'autre. Cette médication est celle qui fut soutenue le plus longtemps, celle qui remplit essentiellement le traitement des malades arrivés depuis à la convalescence. Est-ce à dire que nous soyons en droit de lui attribuer une influence décisive sur l'issue de la maladie, et que nous puissions aller un peu plus loin que le mot d'Ambroise Paré : « *Je le pansay…* »? Non; mais après la constatation malheureusement si nette de l'impuissance des médications spécifiques, c'est celle-là que nous recommanderions d'abord, en pareille occurrence, sauf à essayer simultanément quelque agent spécial que pourrait indiquer une théorie bien faite.

Ajoutons, pour mémoire, l'emploi de ventouses scarifiées dans la région du foie, dans un cas, et celui d'un vésicatoire volant au creux épigastrique, pour combattre une douleur particulièrement importune, dans un autre.

Nous terminons cet exposé clinique par le récit de deux observations tout à fait typiques, à titre de cas graves sans être mortels ; la première eut une évolution particulièrement anxieuse.

Obs. IV. — Pas…, 25 ans, quatre ans de service, du 27ᵉ d'artillerie, ancien garçon meunier dans le département de l'Indre, d'une bonne constitution, faisant les fonctions de perruquier à l'escadron, et celles d'ordonnance des sous-officiers. Il sert ces derniers à table et mange de leur cuisine. Dans ces derniers temps, il a participé aux exercices de la troupe. Le soir du 13 juin, il se sent faible, courbaturé, ne dort pas de la nuit et, le matin du 14, ayant un violent mal de tête, se sentant plus faible que la veille, il se présente à la visite où l'on reconnaît qu'il est déjà jaune, et on lui administre un éméto-cathartique. Ce jour-là et le suivant, il a des épistaxis répétées que réveille la simple action de se moucher.

Entré à l'hôpital le 16 juin.

Le 17. Les épistaxis ont cessé ; faiblesse et somnolence. Langue étalée, sans enduit ; malaise spontané au creux épigastrique (c'est la seule chose dont il se plaigne). Le foie donne à peu près quatre travers de doigt de matité dans la ligne mamelonnaire ; la percussion détermine une douleur que le malade rapporte au creux épigastrique. La perte de l'appétit n'est pas absolue. Peau fraîche et sudorale. Pouls et température aux chiffres moyens.

18. La nuit a été sans sommeil. Abattement, somnolence. Douleur épigastrique, comme précédemment. Urine très-foncée, acajou-jaunâtre, avec dépôt pulvérulent verdâtre. Ictère modéré. Soif vive, quelques nausées. Constipation.

Dans la journée, épistaxis légères. Deux selles, sans caractère particulier.

19. Mêmes conditions. La matité hépatique mesure 11 centimètres dans la ligne mamelonnaire et commence à la 8ᵉ côte. Il y a, au-dessous de l'hypochondre droit, deux petites taches de pointillé ecchymotique que l'on dirait consécutives au grattage. Rien de particulier

à l'auscultation du cœur ni des poumons. La sensibilité épigastrique tourmente assez le malade pour que l'on prescrive un vésicatoire morphiné *loc. dol.* D'ailleurs, on donne : café au lait, le matin; soupe maigre, œufs, légumes frais, vin; limonade sulfurique, café noir et sucré.

20. Comme précédemment. Le malade explique qu'il est réveillé par le mal de tête, du vertige et des nausées, chaque fois qu'il commence à s'endormir. Le vésicatoire a fourni une sérosité de teinte ictérique. La matité du foie est de 8 centimètres dans la ligne mamelonnaire et commence à la septième côte. Pas de selles depuis deux jours.

21. La journée d'hier a été pénible et le malade ne s'est pas levé. Un purgatif, pris dans la matinée, donne plusieurs selles copieuses. L'urine est rare et précipite en brun au fond du vase.

22. Atténuation frappante de la teinte ictérique. Le bord inférieur du foie paraît descendre plus bas que les jours passés et la matité hépatique augmente. L'urine est rendue en quantité normale et se dépouille sensiblement. Le pouls, très-lent ces jours derniers, reprend un peu de fréquence. — 1 portion, vin. Café sucré alcoolisé. Vin de quinquina.

23. Il a dormi la nuit précédente et celle-ci mieux encore. Il n'y a plus de douleur spontanée. Matité du foie, 11 centimètres dans la ligne mamelonnaire. L'appétit reparaît; la coloration ictérique s'efface. Selles spontanées dans la journée.

24. Continuation du mieux. Matité hépatique, 13 centimètres.

25. Sommeil parfait. Urines abondantes, de couleur bistre. Le tégument se décolore. L'homme descend au jardin sans fatigue.

26. Décoloration presque complète de la peau. Appétit, gaieté. Les forces reviennent.

Sorti, pour reprendre son service et ayant refusé un congé de convalescence, dans les premiers jours de juillet.

(Pas...) Tableau de la température et du pouls.

	T. R.		Pouls.	
	Matin degrés	Soir degrés	Matin	Soir
17 juin	»»»	37.5	»»»	»»»
18 —	37.3	38.2	76	64
19 —	37.5	38.0	64	60
20 —	37.5	37.7	52	58
21 —	37.8	38.0	54	68
22 —	38.0	37.7	60	60
23 —	38.3	37.8	60	66
24 —	37.6	37.5	60	62
25 —	»»»	»»»	»»»	»»»

Le point le plus élevé de la courbe thermique tombe sur le jour où la convalescence se déclarait franchement. Cette légère élévation n'est peut-être que l'indice du retour des combustions de la nutrition normale, quelque temps suspendue ; une sorte de *febris carnis*. A vrai dire, ce cas est le seul qui ait présenté cet accident du tracé de la température. C'est également le seul dans lequel un phénomène douloureux durable put porter à supposer une localisation gastrique des lésions.

Obs. V. — G...., 24 ans, né dans le département de Meurthe-et-Moselle, quatre ans de services, brigadier-fourrier au 27ᵉ régiment d'artillerie. Autrefois cultivateur, robuste, et d'une bonne santé habituelle. Homme de bureau, ne sort que dans la ville pour opérations administratives, vit au régime des sous-officiers et couche dans une chambre à deux.

Entré à l'hôpital le 18 juin, malade depuis quatre jours. Le début s'est annoncé par le mal de tête, le sentiment de fatigue, des maux d'estomac, des nausées, une épistaxis le deuxième jour (ces phénomènes sont énumérés ici dans l'ordre de leur apparition successive, très-bien précisée par le malade, homme fort intelligent). Pas de constipation. Deux vomitifs à la chambre, suivis d'effet.

A son entrée, ictère modéré, fatigue sans abattement, intelligence parfaitement nette. Inappétence, haleine fétide. Langue légèrement enduite. A six heures du soir, P. 60, T. R. 39°. — Limonade citrique, potion éthérée à 1 gramme, calomel 0,8.

Le 19. Il y a eu un peu de sommeil. Langue assez nette. Une selle. Il n'y a pas de sensibilité épigastrique, ni hépathique. La matité dans la région du foie commence à la 7ᵉ côte et s'étend à 12 centimètres (ligne mamelonnaire). Il y a quelque appétit. L'urine, rendue en quantité moyenne, a la nuance café noir léger, avec reflets jaune-verdâtres aux bords du liquide. — Soupe maigre, fruits, vin. — Limonade azotique, éther, potion d'extrait de quinquina.

Le 20. P. 56, T. R. 38°,3. Même état, du reste.

Le 21. Langue humide, se dépouillant un peu. Selles spontanées, décolorées, sans fumet particulier. L'ictère paraît un peu plus foncé, tandis que l'urine s'éclaircit. L'appétit et le sommeil reviennent. — Café sucré et alcoolisé.

Le 22. Pouls à 50. Pas de souffrance ; sommeil satisfaisant. La teinte ictérique du tégument persiste sur un fond comme cyanosé. Urine en quantité moyenne.

Le 23. La matité hépatique commence à la 7ᵉ côte ; on ne peut pas bien limiter le bord inférieur du foie à la percussion. La matité, à gauche, se prolonge au delà de la ligne médiane. — Une portion, fruits, vin, café, alcool. Vin de quinquina. Eau de sedlitz pour demain matin.

Le 24. Le pouls est à 44. Deux selles. Urine de teinte bistre. Le tégument se décolore sensiblement à la face.

25-28. L'amélioration va en s'accentuant. La lenteur du pouls persiste. Les forces reviennent. L'urine est abondante et se décolore en passant par des teintes intermédiaires entre le bistre et l'ambre. La matité de la région hépatique reprend de l'étendue.

Le malade est parti en très-bon état pour un congé de convalescence, vers la mi-juillet.

TABLEAU DU POULS ET DE LA TEMPÉRATURE.

	T. R.		Pouls.	
	Matin	Soir	Matin	Soir
	degrés	degrés		
18 juin	»»	39.0	»»	60
19 —	38.5	38.5	56	60
20 —	38.3	38.3	56	62
21 —	38.3	38.2	66	58
22 —	37.7	37.8	50	58
23 —	37.6	37.5	46	58
24 —	37.5	37.6	44	60
25 —	37.5	»»	50	46

III. — ANATOMIE ET PHYSIOLOGIE PATHOLOGIQUES.

On peut caractériser, d'une façon générale, les lésions reconnues dans nos autopsies, en disant qu'elles ont porté essentiellement sur les organes dont la fonction est de régler la constitution du sang et, par suite, sur l'appareil qui sert à le contenir et à le distribuer à toute l'économie.

La lésion la plus constante, la plus accentuée, celle qui paraît avoir été la première en date et avoir entraîné les autres, est celle que l'on est convenu d'appeler *atrophie jaune aiguë*, mais qu'il faut regarder comme un complexus anatomo-pathologique. A la nécropsie, nous avons trouvé le foie toujours diminué de volume ; dans un cas, même, extrêmement réduit. Il n'y a pas de doute sur l'atrophie, quand cet organe ne pèse plus que 850 grammes (Obs. II). Nous pensons que la chose n'est pas moins certaine lorsque, chez des hommes vigoureux, comme les soldats de l'artillerie ou du train, le foie pèse moins de 1,200 grammes. Frerichs indique les poids moyens de 1.600 gram. pour l'âge de 22 ans, de 1,900 gram. pour celui de 27 ans. On n'est donc pas au-dessus de la vérité, en estimant que le foie de nos malades, réduit à moins de 1,200 gram., a perdu au moins un tiers de son poids.

Le processus, qui a provoqué cette atrophie, est une dégénérescence granulo-graisseuse aiguë et non point la stéatose pure et simple, qui n'a pas précisément pour effet de diminuer le volume de la glande. L'atrophie du foie, d'après les recherches modernes, se distingue de la stéatose en ce qu'elle comporte la destruction des cellules et non pas leur réplétion par des vésicules de graisse. Primitivement, chez nos sujets, le mécanisme de cette dégénérescence paraît avoir été une congestion active; on en retrouve constamment la trace, plus ou moins marquée, dans nos autopsies. Tandis que la périphérie du lobule est déjà jaune, la partie centrale est rouge; ce qui donne au foie l'aspect granité. Quelquefois même, la congestion prédomine encore tellement que l'ensemble de la coupe, sur certaines portions du foie, a tout entier la couleur maigre-de-jambon. Cet état, réparti à des départements hépatiques plus ou moins étendus et alternant avec des espaces où la dégénérescence jaune est achevée, donne aux surfaces de section de la glande l'aspect que nous avons qualifié de marbré.

La rate a peu participé aux désordres qui constituent la maladie actuelle; on n'y a même pas reconnu, le plus souvent, des apparences d'état congestif. Une fois, pourtant, on a noté une hypertrophie estimée au double du volume normal, avec un certain degré de ramollissement. Consignons ce fait, sans y attacher trop d'importance; les dimensions de la rate sont très-variables par elles-mêmes et il est possible que l'hypertrophie constatée à l'occasion de l'ictère grave soit le reste d'une autre maladie ou de quelque influence antérieurement subie. C'est ainsi que les influences palustres ont quelquefois provoqué des tuméfactions de la rate qui, plus tard, les sujets étant morts de fièvre jaune, ont pu être mises au compte de cette dernière affection, qui n'y était pour rien.

Les reins ont constamment offert un certain degré d'altération graisseuse dans leur partie corticale; les pyramides de Malpighi et les glomérules étant respectés.

Une des lésions les plus remarquables et les plus importantes a été l'*altération du muscle cardiaque*. A l'œil nu, le cœur, mou et flasque, présentait une décoloration profonde, une teinte jaune-chamois; le muscle était devenu assez friable pour s'écraser par la pression entre les doigts. Ici, encore, comme pour le parenchyme hépatique, le microscope a démontré la dégénérescence granulo-graisseuse.

De cette dernière lésion, on rapprochera naturellement les hémorrhagies, suffusions, ecchymoses, foyers et caillots, constatés sur des points extrêmements nombreux, on pourrait dire partout, sauf qu'ils paraissent s'être portés plutôt à la profondeur que vers la périphérie.

Les premières, par ordre d'importance, sont les *apoplexies pulmonaires*. D'après les descriptions données précédemment, on a pu voir qu'il s'agissait d'hémorrhagies par infiltration et non point en foyers ; d'où la multiplicité des noyaux hémoptoïques et leurs limites diffuses, mal définies.

Comme d'habitude, les ecchymoses et suffusions sanguines se sont rencontrées particulièrement sous les membranes qui enveloppent ou tapissent des organes astreints, par le mouvement fonctionnel, à des *alternances* brusques d'ampliation et de retrait ; ainsi, sous le péricarde et l'endocarde, sous les plèvres, sous la muqueuse vésicale, sous le péritoine intestinal. Peut-être même faut-il, dans nos cas où il n'y a jamais eu d'ulcération de la muqueuse gastrique, attribuer au mouvement du viscère les ecchymoses, assez rares d'ailleurs, constatées sous cette membrane. Cette explication de la prédilection des hémorrhagies pour les points où le mouvement sollicite la rupture des petits vaisseaux, ne convient plus autant pour les suffusions sous la pie-mère, non plus que pour l'épanchement sanguin considérable dans la cavité de l'arachnoïde, que signale l'autopsie du sujet de l'Obs. III.

Nous appelons l'attention sur l'intégrité constante du canal intestinal et sur la nullité des renseignements fournis par les matières contenues dans l'intestin. On notera, de même, l'intégrité des canaux excréteurs de la bile.

Nous possédons deux analyses du sang. La première a été faite sur le sang recueilli dans le cadavre de l'Obs. I ; la seconde sur du sang pris au sujet de l'Obs. VI, quelques heures avant la mort. Elles n'ont porté que sur la quantité d'urée.

45 grammes du sang n° 1 renfermaient 0 gr. 00425 d'urée ; soit 0 gr. 0944 pour 1,000.

100 grammes du sang n° 2 renfermaient 0 gr. 0115 d'urée ; soit 0,115 pour 1,000.

L'urée était donc diminuée dans le sang, puisque les proportions normales de celle-ci, selon M. Robin (1), sont de 0 gr. 142 à 0 gr. 177 pour 1,000. Quoique peu nombreuses, ces analyses ont de la valeur, parce qu'elles sont en concordance parfaite avec un des faits essentiels de la maladie, à savoir la diminution considérable de celle des fonctions du foie qui a pour but. a production de l'urée. Le foie, s'atrophiant, fait moins d'urée ; il y en a moins dans le sang (2). Nous avons vu que cette matière baissait de

---

(1) *Leçons sur les humeurs normales et morbides du corps de l'homme.* Paris, 1867.

(2) Voy. Brouardel : *L'urée et le foie. Variations de la quantité d'urée éliminée dans les maladies du foie.* (ARCHIV. DE PHYSIOLOGIE NORMALE ET PATHOL., 2ᵉ série, 1876). — Joseph Michel : *Des varia-*

même dans l'urine, après avoir marqué, au début de la maladie, des chiffres plus élevés que la moyenne.

Un seul examen microscopique du sang a été pratiqué; il a permis de constater que les globules étaient absolument intacts.

Tous ces détails anatomiques forment, avec les circonstances de la symptomatologie, un faisceau bien homogène et dont les éléments sont solidaires. Il est impossible de décider si le fait primitif, dans la maladie, a été l'altération du sang par l'introduction d'un principe spécifique, laquelle aurait déjà incité les troubles de nutrition du foie, ou bien si ces troubles n'ont pas été eux-mêmes le fait originel, provoqués d'ailleurs par une cause banale ou spontanés (?). Nos tendances sont pour la première hypothèse. Quoi qu'il en soit, étant donné l'état congestif du foie dès le début, nous comprenons aisément les signes fébriles des premiers jours, les troubles gastriques, l'élévation du chiffre de l'urée et la rapide apparition de l'ictère. Ces deux phénomènes sont dus à une suractivité fonctionnelle, premier effet de l'irritant hépatique, quel qu'il soit. Mais les fonctions du foie sont presque aussitôt entravées, sinon par le seul trouble circulatoire, au moins certainement par la destruction cellulaire qui commence et supprime arithmétiquement un certain nombre des éléments sécréteurs; l'urée diminue donc et aussi l'excrétion de la bile; l'ictère peut être dû alors, non plus à la résorption de la bile en excès, mais à la persistance, dans le sang, d'un certain nombre des matériaux qui eussent servi à la former (les matières chromogènes peuvent donner lieu à la formation du pigment dans le sang).

Il y a donc, alors, dans le liquide sanguin, des matériaux de déchet, des produits de combustion qui, normalement, sont à destination excrémentitielle; en d'autres termes, des poisons. Ce n'est ni l'urée, ni la bile, puisque ces substances ne peuvent plus être élaborées; ce sont les éléments qui ont l'habitude d'être expulsés de l'économie sous l'une ou l'autre de ces deux formes. Aussi, les termes de *cholémie* et d'*urémie* seraient-ils bien impropres pour désigner cet état; c'est *acholie* (ou hypocholie) qu'il faut dire, en créant un mot analogue (1) pour indiquer la suppression ou l'affaiblissement de la production d'urée.

---

tions de l'urée dans les maladies du foie et principalement dans l'atrophie jaune aiguë. (Gaz. hebd. de méd. et de chir., nos 1 et 3, 1877.)

(1) *Anurie* existe, mais n'a pas le sens dont nous avons besoin. Le diminutif avec *hypo* serait tout à fait nouveau et assez étrange.

C'est désormais, s'il ne l'était pas primitivement, du sang intoxiqué qui circule dans les vaisseaux. Telle est la raison des hémorrhagies. On ne sait pourquoi les auteurs invoquent assez souvent la *dissolution* du sang, comme cause de ce phénomène; le sang dissous ne passe pas pour cela à travers les vaisseaux, et, s'il passait sans rupture vasculaire, ce ne serait plus une hémorrhagie. Il semble probable, l'expérience l'implique du moins, que le sang malade nourrit mal les vaisseaux eux-mêmes et les rend malades aussi; d'où la facilité des ruptures de leur paroi. Dans les cas de notre observation, il est légitime de mettre sur le compte de cette insuffisance du liquide nourricier la dégénérescence granulo-graisseuse du myocarde, puis, solidairement, les altérations de la paroi des vaisseaux qui se sont prêtées à la rupture. Toutefois, en raison de la précocité des hémorrhagies et de l'état avancé de l'altération musculaire cardiaque, dans nos décès si rapidement survenus, nous ne pouvons nous défendre de songer à une altération primitive, spécifique, du sang, de nature inconnue, qui aurait précédé celle que nous venons de définir; de telle sorte que celle-ci serait tout simplement surajoutée, toutes deux agissant dans le même sens, d'ailleurs.

Il y a, naturellement, des degrés dans les désordres fonctionnels, comme on conçoit qu'il y en ait dans les lésions hépatiques. Jamais la suspension de la formation biliaire ou urique n'a paru complète. Aussi, a-t-on constamment trouvé de l'urée dans l'urine de nos malades; il ne s'est agi que de variations dans l'abaissement des proportions normales. De même, aux autopsies, nous avons habituellement retrouvé un peu de bile dans la vésicule. Dans la quatrième, toutefois, la vésicule ne contenait que du mucus gris-verdâtre; cette circonstance, qui indique l'extrême réduction de la production de bile, est bien en rapport avec la gravité que ce cas revêtit rapidement.

Est-ce encore l'empoisonnement du sang par les matériaux de déchet qui provoque les troubles nerveux dans les cas mortels, le ralentissement du pouls dans les cas bénins, la fatigue et l'accablement musculaire dans tous? Nous ne voulons pas l'affirmer simplement, dans la crainte de réveiller une controverse bien connue et qui nous mènerait loin, sans aboutir aujourd'hui plus qu'autrefois. Cependant, il est possible d'admettre que cette perturbation brusque et intense peut avoir eu sur le cerveau des effets auxquels n'atteignent pas les lésions chroniques du foie, la cirrhose, par exemple, qui établissent aussi la tendance à l'acholie et l'abaissement de l'urée. Les physiologistes ont attribué le sentiment de la fatigue, en partie au moins, à la présence dans le muscle même des produits de son usure, c'est-à-dire de résidus de combustion destinés à être éliminés. Que si ces explications paraissent insuffisantes, nous reviendrons volontiers à l'idée dont nous ne nous débarrassons pas d'autre part, d'un principe spécifique, capable de produire sur les centres nerveux une impression qui s'est traduite, comme il arrive dans d'autres occasions, par une sorte de perniciosité.

On voit combien les lésions, l'enchaînement des faits de physiologie pathologique, les conclusions auxquelles on est amené, rapprochent nos ictères graves de la fièvre jaune. La comparaison a été faite déjà sur des bases analogues à celles-ci ; elle est des plus instructives, et nous pensons que l'anatomie et la physiologie pathologiques de ces deux espèces s'éclairent réciproquement d'une façon irrécusable (1).

IV. — ÉTIOLOGIE ET NATURE DES ACCIDENTS OBSERVÉS.

A. La recherche des causes de l'étrange maladie qui vient d'être décrite a été des plus décevantes. Nous ne pouvons faire autre chose ici que d'indiquer les circonstances dans lesquelles le mal s'est développé, et nous n'espérons pouvoir en indiquer aucune comme ayant un rapport direct et décisif avec l'éclosion des accidents. Ce côté de notre étude a été d'une stérilité humiliante. Nous devions l'accepter néanmoins, car, à notre avis, le rôle du médecin serait beaucoup trop simple s'il se réduisait à celui de spectateur et de juge des drames pathologiques. L'étiologie, d'où la prophylaxie découle naturellement, est en quelque sorte la moralité de l'observation de ces scènes redoutables auxquelles le médecin seul est convenablement préparé. Nous allons faire le lecteur confident de nos embarras, de nos incertitudes, et l'associer, non pas à notre découragement, mais à la difficulté de la tâche qui se présentait à nous.

Conditions individuelles. — Nos malades sont tous des soldats, deux du train des équipages, les huit autres du 27e régiment d'artillerie, c'est-à-dire des hommes dont les occupations spéciales consistent principalement à être en rapport avec des chevaux et à manier du matériel de guerre. Cependant, il faut tout de suite réduire à peu près à rien la signification que l'on pourrait supposer à cette particularité ; en effet, parmi nos dix malades,

---

(1) Voy. en particulier Charcot et Dechambre : *Fièvre jaune et ictère grave.* (GAZETTE HEBDOMAD., 1858.)

nous trouvons un trompette, un prévôt d'armes, un maréchal-des-logis, un brigadier-fourrier, un aide de cuisine, c'est-à-dire cinq individus qui participent le moins possible au fonctionnement propre des corps dont ils font partie.

Un détail, que la notice précédente fait déjà soupçonner et qui prendra de l'importance quand nous comparerons notre épidémie avec d'autres analogues, c'est que la plupart de nos malades ont cessé d'être des « jeunes soldats » (il n'y en a plus de vieux dans l'organisation actuelle). Sauf le sujet de l'Obs. IX (cas ébauché), qui n'a que 22 ans, et celui de l'Obs. III (cas mortel), qui a 23 ans, tous les autres ont 24 et 25 ans. Il n'est pas besoin de rappeler à ce propos que les épidémiologistes militaires, MM. Laveran, père et fils, L. Colin, Vallin, ont nettement établi l'impressionnabilité supérieure des jeunes soldats vis-à-vis des maladies épidémiques ordinaires, fièvre typhoïde, fièvres éruptives, etc.

Le maréchal-des-logis, le brigadier-fourrier, le trompette, le prévôt d'armes et un simple soldat (Obs. IV), qui cumulait les fonctions de perruquier avec celles d'aide-de-cuisine pour la table des sous-officiers, étaient bien plus souvent à la caserne qu'au dehors, sans être précisément livrés à des habitudes sédentaires. Les autres étaient astreints au service ordinaire qui, en mai et juin, était actif sans être positivement pénible ; indépendamment des exercices réglementaires, on opérait à ce moment le transport du matériel du parc à boulets dans le nouvel arsenal, à peu près d'un bout à l'autre de la ville.

Tous ces hommes étaient d'une vigueur remarquable, anciens cultivateurs ou ouvriers, tels que forgerons, charpentiers, etc., n'ayant jamais été malades au régiment ; d'ailleurs, de provenance très-diverse, quant au lieu de naissance.

Les conditions signalées nous donnent tout de suite un renseignement précieux, et que nous avons, du reste, recherché directement ; à savoir que ces militaires, gradés ou pourvus d'emplois qu'on ne donne qu'à des hommes de confiance, étaient tous d'une bonne conduite, d'habitudes sobres et régulières. Ajoutons qu'il a été impossible, à l'interrogatoire, la bonne foi des réponses étant d'ailleurs évidente de la part des malades, de saisir un incident extraordinaire quelconque dans leur existence, pendant les jours qui précédèrent de plus près les manifestations pathologiques.

Conditions de logement. — La caserne Saint-André, près de la porte d'Ypres, à Lille, est une caserne de Vauban, adossée au rempart, précédée d'une cour assez vaste, s'ouvrant sur la rue.

Cette cour est hexagonale ; les trois côtés profonds de l'hexagone sont formés par les pavillons, habités au rez-de-chaussée par les chevaux, aux étages par les hommes ; des bâtiments moins importants, écuries, cuisine, puis un mur assez haut, constituent les trois côtés antérieurs ; l'ensemble des bâtiments habités forme un tout continu. A l'époque à laquelle nous remontons, la moitié gauche du pavillon de gauche (par rapport à quelqu'un qui entrerait dans la cour,) était occupée par la compagnie du 27e d'artillerie qui représentait toute l'artillerie de la place (non compris les « canonniers Lillois »), en tout une soixantaine d'hommes. La moitié droite de ce pavillon et le pavillon central tout entier abritaient le premier escadron du train des équipages ; le pavillon de droite avait reçu une partie du 19e régiment de chasseurs à cheval. Le pavillon de gauche est du même côté que la cour au fumier, située un peu en arrière des bâtiments ; toutefois, outre cette cour et le pavillon, il y a un bâtiment à l'usage exclusif d'écurie. Les latrines sont entre le pavillon central et le pavillon de droite. Les chambres sont au premier et au deuxième étage, un peu basses de plafond, mais modérément peuplées ; elles renferment de 25 à 30 lits ; le cubage y dépasse 25 mètres cubes par homme. Elles ont des fenêtres opposées, deux sur la cour et deux sur le rempart pour chaque chambre ; malheureusement, une cloison incomplète, parallèle aux murs, divise chaque chambre en deux de telle façon qu'elle coupe justement le courant d'air qui pourrait s'établir entre les fenêtres en regard. Il y a des chambres à deux lits, ou même à un lit, suffisamment vastes, pour les sous-officiers. Les artilleurs, vu leur petit nombre, sont particulièrement au large dans leurs logements. Leurs fenêtres regardent le sud-ouest, côté du rempart, et le nord-est, côté de la cour. La santé est habituellement bonne dans tout ce quartier.

Les deux hommes du train des équipages qui furent atteints, étaient de ceux qui occupent le pavillon du milieu, à côté des artilleurs. Tous nos malades vinrent donc de deux pavillons exclusivement, et des deux pavillons contigus du côté gauche.

La propreté est soigneusement maintenue dans ces logements et leurs dépendances ; elle est même plus sensible dans l'aile de l'artillerie qu'ailleurs. Du côté opposé, les latrines, en rapport avec l'aile des chasseurs, laissent beaucoup à désirer comme disposition et comme entretien, ainsi qu'il arrive malheureusement de la plupart des latrines de caserne. Les écuries, non plus que la place au fumier, sans être irréprochables, n'offrent pas de lacunes capitales.

Aliments et boissons. — La nourriture des troupes qui ont fourni ces graves accidents ne différait pas sensiblement de celle des autres corps de la garnison; les règlements militaires s'opposent à ce qu'il y ait des variations fondamentales. Le faible effectif du détachement d'artillerie empêchait évidemment les hommes de bénéficier de certains petits avantages qui résultent, chez les masses considérables, de la mise en commun des profits et pertes; l'*ordinaire* arrivait rarement à se bonifier. Mais, d'autre part, cette compagnie formait comme une famille, paternellement dirigée par un brave capitaine, officier de troupe parfaitement au courant des besoins des soldats et des expédients propres à améliorer le régime, très-disposé par tempérament comme par devoir à user de toutes les ressources disponibles en faveur des hommes confiés à son commandement. Nous avons, dans ces entrefaites, vu la cuisine de la compagnie et goûté à son menu; ce n'était pas supérieur aux produits d'une autre marmite militaire, mais c'était bon.

Les hommes du train étaient encore mieux. Nous avons aussi fait, avec M. Mengin, une visite à la cantine qui, par parenthèse, est celle du régiment de chasseurs. Elle était mal tenue, mais les denrées ne nous en ont pas paru suspectes par elles-mêmes.

La caserne Saint-André, comme la plupart des autres et des maisons bien organisées de la ville de Lille, est abondamment pourvue de l'eau des sources d'Emmerin, qui jamais ici n'a plus admis le soupçon que la femme de César (1). Cette eau est fournie à l'aile gauche des bâtiments par un robinet placé près de la cuisine et un autre en pleine cour, en face des écuries; celui-ci se déverse dans une auge en pierre et, sans doute, est plus particulièrement à destination des chevaux. Ces robinets ne coulent que par la manœuvre habituelle d'ouvrir et de fermer; mais le jeu en est des plus faciles. On nous a dit, cependant, que parfois les hommes un peu pressés puisent l'eau dans l'auge même, sans s'occuper du moment auquel les chevaux ont pu y boire. C'est sale et peut-être dangereux au point de vue des maladies transmissibles du cheval à l'homme, mais nous ne saurions y trouver un rapport avec la maladie actuelle. Il y a des puits à la caserne Saint-André, qui servaient autrefois à abreuver les hommes et les chevaux; ils sont encore armés de l'appareil de pompes qui servait dans ce temps-là à obtenir une eau à laquelle de sérieux reproches ont été

(1) Voy. Masquelez: *Etablissement de la distribution d'eau à Lille*, 1871.

adressés. Nous avions craint un moment que, par on ne sait quel travers d'esprit ou par quelque préjugé inattendu, les soldats n'eussent quelquefois préféré cette eau, bien qu'exigeant le travail de la pompe, à celle qui jaillit limpide des robinets sous un simple tour de clef. Les hommes que nous interrogeâmes à ce sujet ne paraissaient pas, à la vérité, comprendre ce que nous voulions dire. La casernier, mandé, ne put pas davantage nous renseigner sur l'usage auquel pouvaient bien répondre ces sortes de cadavres de pompes. Nous prîmes le parti de les manœuvrer nous-mêmes... et après des efforts consciencieux, nous acquîmes la conviction que le mécanisme était absolument hors de service. Le même fait était reconnu, le lendemain, par M. le docteur Cuignet, notre honoré médecin en chef. Donc, de ce côté-là, pas d'inquiétude à avoir.

Nous rapportâmes un litre de l'eau du robinet de la cuisine et un de l'auge de la cour, que nous priâmes M. Wahl, pharmacien en chef de l'hôpital militaire, de vouloir bien analyser, en ayant plus particulièrement en vue la présence possible du phosphore. De l'analyse que nous devons à l'obligeance de ce chimiste distingué, il ressort que les eaux de ces deux échantillons étaient également limpides, incolores, sans odeur ni saveur particulières ; qu'elles renfermaient toutes deux un résidu fixe de 0 gr. 25 par litre, formé de chlorures, de carbonates et de traces de nitrates ; qu'elles ne contenaient pas de matière organique ; qu'elles n'offraient pas trace de phosphore, ni même de phosphates.

« L'eau elle-même et le résidu dissous dans l'eau distillée, versés dans un appareil à hydrogène, n'ont produit aucune modification sur la flamme de ce gaz. Dans cette expérience, on ne perçoit aucune odeur d'ail. De l'eau ayant séjourné sur des bâtons de phosphore est versée à titre d'expérience comparative dans le même appareil. Immédiatement la flamme prend une coloration verte, caractéristique ; l'odeur d'ail est très-manifeste. Cette eau est, du reste, très-acide et possède une odeur d'ail prononcée. » (1).

---

(1) On devine sans peine les motifs de notre préoccupation relativement au phosphore, et on les comprendra mieux ultérieurement. C'est d'ordinaire par les rats, quand les habitants emploient la pâte phosphorée pour les détruire, que le phosphore arrive dans les puits ou dans les réservoirs de l'eau de boisson. Il est utile de noter ici, outre l'abandon des puits de casernes, que les rats ne sont pas très-nombreux à Lille et que l'on se sert, pour s'en débarrasser, non de pâte phosphorée, mais généralement d'une préparation de scille, dite *tord-boyaux*. (*Communication due aux inspecteurs des pharmacies.*)

A ce moment, les conduites d'eau de la caserne étaient en parfait état et se sont conservées telles jusqu'aujourd'hui. Elles ont, du reste, peu à redouter des latrines, qui sont des fosses fixes, vidangées selon le mode primitif, le plus usité à Lille, où les agriculteurs des environs recherchent fort les déjections humaines, destinées à féconder, sous le nom d'*engrais flamand*, les riches plaines du Nord.

Exercice et travail. — Les exercices militaires ne sont plus pénibles chez les soldats de troisième ou quatrième année, déjà au courant du fonctionnement de leur arme. Ils ne l'étaient pas, dans les corps qui ont envoyé des ictères graves à l'hôpital, et les renseignements fournis par les malades eux-mêmes ont entièrement concordé, sous ce rapport, avec le témoignage des officiers. Il y avait, au moment auquel nous nous reportons, à effectuer un transport de matériel au nouvel arsenal qui vient d'être construit à Lille ; pour être exceptionnel, ce transbordement ne constituait pas une besogne démesurée ; l'opération se faisait à loisir, sans urgence aucune, et, que les fourgons d'artillerie aient transporté cela ou autre chose, c'est fort indifférent.

Il se pourrait que les travaux physiques et extérieurs n'aient eu aucune influence. En effet, nous trouvons parmi les malades : un trompette, qui ne participe point à la conduite des convois ; un prévôt d'armes, qui, certes, est soumis à des exercices assez énergiques mais dont le rôle n'a pas d'oscillations ; un maréchal-des-logis, qui dirige les travaux, mais ne les exécute pas ; un brigadier-fourrier, homme de bureau, chez qui l'on devrait plutôt craindre l'influence des habitudes sédentaires ; un brigadier, associé aux travaux extérieurs, mais plutôt pour en prendre l'initiative que pour les accomplir ; un perruquier, soldat peu décidé, inclinant vers les occupations intérieures et qui avait trouvé le moyen d'échapper aux gros ouvrages en faisant fonctions d'aide de cuisine pour la table des sous-officiers. Il est vrai que si l'on pensait, inversement, devoir tirer quelques conclusions du fait que ceux-ci étaient plus souvent à la caserne qu'au dehors, on trouverait le même obstacle dans les observations qui concernent des hommes au service ordinaire, participant aux exercices communs et aux travaux imposés au plus grand nombre.

Influences atmosphériques et telluriques. — La météorologie de l'époque ne présenta pas de caractères insolites. Après un hiver humide, comme on sait, un printemps humide et froid, puis un été à chaleur précoce, tels furent les traits généraux, à peu près dans toute notre zone. Voici, au surplus, le résumé des observations faites à Lille en mai et juin, tel que nous le devons à l'obligeance de M. Meurein, qui possède aujourd'hui vingt-cinq années consécutives d'observations pour notre cité (1).

	MAI (1877).	MAI (Année moyenne).	JUIN (1877).	JUIN (Année moyenne).
	degrés.	degrés.	degrés.	degrés.
Température moyenne.	10.39	12.45	18.15	15.95
Température moyenne des maxima........	14.21	»	23.67	»
Température moyenne des minima........	6.58	»	12.63	»
Température extrême maxima..........	20.8 le 27	»	29.2 le 4	»
Température extrême minima..........	0.3 le 5	»	9.6 le 26	»
	mm.	mm.	mm.	mm.
Pression barométrique moyenne..........	757.043	758.984	761.190	759.749
Pression barométrique maxima..........	768 33 le 2	»	767.10 le 29	»
Pression barométrique minima..........	745.54 le 28	»	752.50 le 1er	»
Tension moyenne de la vapeur..........	7.06	7.94	10.26	10.26
Quantité d'eau tombée..	87.28	60.78	17.71	63.06
— — évaporée.	96.47	116.18	175.61	128.52
Nombre de jours de pluie..........	20	»	11	»

Mais si ces circonstances météoriques, auxquelles échappaient du reste ceux de nos malades qui restaient presque toujours à la caserne, ont eu une influence positive dans le sens de l'ictère grave, comment les autres corps de la place et la population civile sont-ils restés indemnes?

L'air des environs de Lille, celui particulièrement qui a passé

---

(1) Des observations météorologiques sont prises également à l'hôpital militaire, d'une façon exacte, mais dans des conditions d'observatoire qui laissent beaucoup à désirer. Elles ont donné, pour température moyenne de mai 1877, 12°,48; de juin, 20°,49. La pression moyenne de mai était de 756mm,80; celle de juin 759mm,66. Depuis longtemps, on a remarqué que le thermomètre, à l'hôpital militaire, indique constamment un degré bien trop élevé.

sur les nombreux canaux sans pente et sur les fossés des fortifications, qui sillonnent la ville ou la circonscrivent, ne paraît pas irréprochable. Les fièvres ne sont pas inconnues dans les faubourgs de la cité; sans être graves en général, elles sont au moins rebelles en quelques cas. Ajoutons que les alentours de la ville pratiquent déjà d'une façon assidue et bien malodorante l'engrais flamand, et que des industries à matières animales, équarrissages, boyauderies, se trouvent dans un rayon un peu rapproché des murs. Or, nous avons déjà dit que la caserne Saint-André a ses fenêtres ouest ouvertes sur le rempart et nous devons mentionner ici que la campagne sur laquelle elle a vue, dans la direction de Lambersart, possède précisément, à peu de distance, de ces établissements à effluves infects; on s'en aperçoit dans la caserne quand souffle le vent de l'ouest, d'ailleurs très-fréquent dans tout ce climat.

Mais le commencement de juin, dans nos pays septentrionaux, n'est pas encore le moment où les cours d'eau baissent, où le sol s'échauffe, où les matières organiques atteignent à ce haut degré de fermentation qui correspond à l'origine des fièvres graves. Il n'y avait pas d'accidents palustres sérieux dans le reste de Lille, à cette date. Dans la réalité des choses, les fossés qui se trouvent derrière la caserne Saint-André sont les moins insalubres de toute l'enceinte, parce que le canal de la Deûle passe là à plein flot; c'est là, croyons-nous, que se trouve la plus grande masse d'eau de toute la localité et avec le plus fort débit. Nous avons, à notre visite à la caserne, pendant l'épidémie, respiré par les fenêtres du rempart, et nous n'avons perçu que l'agréable odeur de foin coupé, venant de la tonte récente des talus et parapets. Il est vrai que le vent régnant était alors le vent d'est.

Il convient, sans doute, de faire observer que le reste de la garnison ne nous envoyait pas de fièvres intermittentes à cette époque et qu'il y en eut à peine quelques cas insignifiants dans toute l'année. De même, la fièvre typhoïde, rare et très-bénigne dans la population de Lille (chose digne de remarque en présence des doctrines étiologiques actuelles), ne s'est montrée que sous forme de cas sporadiques dans la garnison. D'ictères graves, il n'y en eut pas traces dans les corps autres que ceux qui sont indiqués et, dans la population civile, il n'y eut que des soupçons plus ou moins fondés, vis-à-vis de quelques cas de jaunisse dont la nature ne fut pas nettement démontrée. Nos étranges accidents avaient fait quelque bruit, et il est possible qu'en y pensant, des praticiens de la ville aient été portés, sans s'en douter, à retrouver chez leurs malades certains traits de notre maladie. Nous avons entendu parler d'un malade qui aurait succombé à un ictère, à l'hôpital civil, à cette époque, sans que l'autopsie ait suivi.

En résumant les conditions étiologiques, nous n'en rencontrons aucune qui paraisse spécialement en rapport avec la genèse de l'ictère grave. Il faut dire qu'une énorme difficulté se présentait tout d'abord dans cette recherche, à savoir que l'on n'a pas encore précisé les causes propres de cette affection pour les cas où elle est essentielle et primitive. Mais nous pouvons appeler particulièrement l'attention sur les circonstances qui ont été communes à tous les individus atteints en même temps que propres à nos malades, jusqu'à un certain point.

Les circonstances atmosphériques ont été, évidemment, beaucoup trop générales pour qu'il soit possible de s'y arrêter ; elles ont, en effet, intéressé non-seulement l'artillerie et le train des équipages, mais toute la garnison et toute la ville à peu près. L'alimentation, y compris l'eau, est sans doute spéciale aux troupes ; mais, comme elle ne diffère pas sensiblement d'un corps à l'autre, c'est encore une condition par trop générale. Que si, même, on pouvait supposer quelques particularités importantes comme ayant été exclusives au régime alimentaire des artilleurs, on s'échouerait aussitôt à cette objection que le train, qui a fourni deux cas, a sa cuisine séparée. Il n'y a pas lieu de s'arrêter au genre d'occupations, puisque la maladie s'est partagée à peu près également entre les hommes employés au dehors et ceux qui séjournent le plus à la caserne, entre les fonctionnaires de bureau et les agents du service matériel. Nous entrons déjà dans le cercle des conditions propres, quoique sans rigueur, en envisageant l'âge et la durée du service des intéressés; tous, sauf le cas le plus ébauché, presque douteux, étaient, non de vieux soldats, mais des serviteurs de trois à quatre ans, ce qui a, comme on le sait, une extrême importance en épidémiologie militaire ; ce n'est pas le lieu de développer cet aphorisme. Enfin, nous trouvons par exclusion la condition commune à nos malades et celle qui leur est en même temps la plus spéciale, quoiqu'un certain nombre de leurs camarades y aient été exposés en même temps (mais aucune cause, en médecine ne produit nécessairement son effet sur tous les individus qui sont soumis à son action) ; c'est l'habitation des pavillons de gauche, sud-ouest, de la caserne Saint-André, à l'un ou à l'autre étage.

Bien qu'ainsi rétréci et limité, le cercle de l'étiologie, nous l'avouons, est resté pour nous plein de mystères et nous n'y avons pas saisi la cause pathogénique de notre épidémie. Il y a, sans doute, une influence généralisée à ces pavillons et n'en dépassant point les murs, représentée par quelque chose de matériel ou tout au moins par une modification des choses matérielles qui constituent ce milieu ; peut-être un méphitisme particulier ; peut-être une fermentation accomplie sur une étoffe putride, différente de celle que nous connaissons, ou diversement agencée… Autant d'hypothèses, ou plutôt autant de mots vides de sens précis, qui ne vont pas au delà de l'expression du fait et de sa relation logique avec une cause qui nous échappe entièrement. Nous devions toutefois circonscrire le domaine de l'étiologie, comme nous venons de le faire ; un jour, peut-être, de pareils faits se représenteront et le travail accompli aujourd'hui sera une étape dans la course à fournir à la poursuite d'une vérité. « Frappé de l'obscurité impénétrable qui enveloppe la cause première de la plupart des maladies, un célèbre médecin, Baglivi, a dit jadis : Pline assure que ce qui nous fait vivre est inconnu; mais, à mon sens, ce qui nous rend malades l'est encore davantage ». (Littré, *Médecine et Médecins*. Paris, 1875.) Cela n'a pas empêché le travail des siècles, et, à force d'attaquer les problèmes étiologiques, de près ou de loin, directement ou par des sentiers détournés, la médecine a mis l'humanité en possession de pas mal de secrets d'importance capitale, d'où découlent les moyens de protection, non pas contre les fléaux, si difficiles à terrasser quand ils existent, mais contre leur genèse et leur propagation.

B. Le terme d'*ictère grave* ne répond qu'à une modalité symptomatique et ne consacre vraiment pas une espèce morbide; il y a plusieurs sortes d'ictères parfaitement graves, comme nous allons le voir, ou, si l'on veut, l'ictère et les tendances au dénouement fatal par troubles hépatiques peuvent provenir de diverses origines. L'*atrophie aiguë du foie*, de même, n'est pas une lésion correspondant à une évolution phénoménale unique ; elle peut relever aussi d'excitants variables. Enfin, l'*acholie*, et, nous pouvons le dire, l'*urémie*, que l'atrophie entraîne, reconnaissent parfois un autre mécanisme et se rattachent à des accidents tout différents de l'ictère grave. La question de nature se pose donc en face de tout cas pathologique, qualifiable d'ictère grave ; elle se pose plus particulièrement vis-à-vis de notre maladie, où l'étiologie refuse toute indication.

Nous essaierons, pour obtenir quelque lumière, de comparer les faits de notre observation à d'autres analogues, d'observation antérieure. Le procédé est plus long que nous ne le voudrions; mais laisser isolée notre série d'ictères serait assurer la stérilité du présent travail.

Il y a, certes, longtemps que l'on voit des ictères graves, si même on n'en a vu de tout temps. L'idée que les anciens se faisaient des propriétés toxiques de la bile en est la meilleure preuve ; quand on voyait la mort survenir dans l'ictère avec des convulsions et du coma, on ne soupçonnait pas que ces accidents pussent être dus, non à la bile, mais justement à l'absence de bile. De là les craintes de Stoll et de Sarcone à l'endroit de cette sécrétion, et le mot de Morgagni, cité par Frerichs, appelant la bile : « *materies acrior cerebrum maximè afficiens* ». Les théories sur les états bilieux, qui reviennent si souvent dans les anciens auteurs, révèlent ces appréhensions légitimes et la perplexité réelle des théories.

1. Le professeur Monneret, qui s'était pénétré de la lecture des anciens, inclinait vers la synthèse que ceux-ci avait créée et faisait de l'ictère grave une *fièvre bilieuse;* les lésions anatomiques n'étaient que consécutives, des déterminations adaptées au molimen primitif; mais il s'agissait d'abord d'une maladie *totius substantiæ*, voisine par sa nature, sinon par ses symptômes, de la fièvre jaune et qu'il appelle même, sans y songer, *fièvre jaune nostras* (1). Il en avait observé une quinzaine de cas; la description générale qu'il en fait dans son *Traité de pathologie interne* reproduit certains des traits les plus frappants de notre maladie. Il ne paraît avoir eu affaire qu'à des cas sporadiques; s'il eût été donné à ce vigoureux esprit d'assister au déroulement d'une série comme la nôtre, il est à croire qu'il eût trouvé dans ces allures d'épidémie une raison de plus de rapprocher les deux affections. Parmi les caractères qu'il assigne à l'ictère grave, nous noterons un fait anatomique négatif : la rareté des altérations de la rate, qui nous a été également révélée dans nos autopsies, non sans

---

(1) Voy. Monneret : *Sur l'ictère grave* (Journal Le Progrès, 1859) — *Mém. sur un nouveau cas d'ictère hémorrhagique essentiel* (Archives gén. de médecine, Février, 1862). — *Traité élémentaire de pathologie interne*. Paris, 1866. Tome III, p. 281.

Nous croyons utile de reproduire ici la courte bibliographie de Monneret afin de conserver les noms des médecins qui ont contribué à faire l'histoire de l'ictère grave : — Ozanam : *De la forme grave de l'ictère essentiel :* Thèse. Paris, 1844. — Sypnaios : *Sur l'ictère grave :* Thèse. Paris, 1852. — Genouville : *De l'ictère grave :* Thèse. Paris, 1859.

nous étonner. La manière de voir de Monneret, au moins quant
à la nosologie, nous paraît devoir être prise ici en grande consi-
dération et peut-être nous servira-t-elle tout à l'heure plus que
les opinions modernes.

2. On sait qu'à l'époque où Monneret donnait une forme nettement dessinée aux souvenirs de la tradition et présentait l'ictère
grave comme une entité à ranger parmi les « *pyrexies* », le professeur Frerichs (de Berlin), en faisait une maladie du foie, « *l'a-
trophie aiguë ou jaune* ». A une conception essentiellement médicale et clinique se substituait la suprématie de la localisation
anatomique (1). A vrai dire, la notion du désordre hépatique servait merveilleusement le besoin moderne d'une filiation visible
entre les symptômes et d'une explication physiologique de tout
l'ensemble du processus. Mais il est facile de se convaincre que,
tout en prétendant mieux asseoir l'espèce morbide, le procédé
nouveau la compromettait singulièrement. Tout d'abord, du moment qu'il ne s'agit plus que de l'atrophie du foie, il est clair qu'on
va trouver un forme aiguë et une forme chronique: puis, comme
la nature est d'une pauvreté proverbiale, au point de vue des
moyens de manifester sa souffrance, on va être amené à englober
dans l'ictère grave toute affection qui, par une voie quelconque,
atteindra l'élément sécréteur de la bile, en provoquera l'atrophie
(dont le mode n'est même pas unique), et, par l'atrophie, forcera
les troubles, qui en sont la conséquence, à se dérouler jusqu'au
bout. Les observations dont Frerichs a nourri son chapitre sont,
en effet, assez disparates ; l'on trouve un peu de tout dans le pa-
ragraphe consacré à la forme lente, sous le titre : « *hépatite diffuse;
ictère grave* » ; celui-ci se termine même par une observation
d'empoisonnement phosphoré, bien faite pour porter une grave
atteinte à l'idée nosologique de l'ictère grave essentiel.

3. Dans sa leçon sur l'ictère grave (2), Trousseau revient nettement au sens de Monneret, à la doctrine vraiment médicale et
très-française d'une maladie *totius substantiæ*, de la « fièvre jaune
nostras », tout en la maintenant parfaitement distincte de la fièvre jaune tropicale. Après avoir raconté deux faits qui lui appar-
tiennent et un, de l'observation de M. Jules Worms, à l'hôpital
militaire du Gros-Caillou, l'illustre maître résume l'état de la

---

(1) Voy. Frerichs: *Traité prat. des maladies du foie et des voies
biliaires;* trad. par L. Duménil et J. Pellagot ; 2ᵉ édition, Paris, 1866.

(2) Trousseau: *Clinique médicale de l'Hôtel-Dieu de Paris;* 2ᵉ éd.
Paris, 1865, t. III, p. 268 et suiv.

question en ces termes : « Voilà, messieurs, des observations que Graves et Budd auraient désignées sous le nom d'*ictére malin* ou de *fièvre jaune d'Irlande*, et que Frerichs eût fait figurer dans son Traité des maladies du foie, au chapitre de l'*atrophie aiguë ou jaune* de la glande hépatique. Mon savant collègue, M. le professeur Monneret, eût pu placer ces mêmes observations dans son Mémoire sur l'ictére hémorrhagique essentiel. » Quant à sa pensée sur la question de nature, elle est trop accentuée et vient trop bien au secours de notre propre embarras pour que nous n'en reproduisions pas l'expression : « Les symptômes de l'ictère typhoïde, leur soudaineté, et surtout les signes d'abattement physique et moral rapprochés des symptômes de début des pyrexies et des intoxications, conduisent à penser qu'un poison, une matière morbifique, *venus* ou *produits dans l'organisme*, est la cause de tous ces désordres, qui portent d'abord sur le système nerveux, puis sur le foie, la rate, le rein et le cœur. Ne voyons-nous pas des phénomènes analogues se produire dans la dothiénenterie... » (Qu'on remarque cette comparaison, qui explique le terme de *poison*, employé ici abusivement.) « Le poison morbifique peut venir du dehors, c'est-à-dire qu'il aura son origine dans les conditions hygiéniques. Rappelez-vous les observations des docteurs Hanlon, Griffin, rapportées par Graves et par Budd ; rappelez-vous les deux observations que M. le docteur Hérard a recueillies dans son service à l'hôpital Lariboisière, et vous serez autorisés à croire que l'insalubrité de certaines habitations, surtout dans les grandes chaleurs, peut donner naissance à un élément morbifique, analogue à celui qui fait la fièvre typhoïde par encombrement, à celui qui fait la fièvre jaune, la fièvre bilieuse des régions intertropicales. »

4. A cette époque, on pouvait encore être gêné par cette particnlarité qu'une semblable maladie, d'origine infectieuse, comme on dit aujourd'hui, ne s'etait encore présentée que sous forme sporadique, sauf l'épidémie de Gaillon, dont il va être parlé. Nos contemporains, comme on verra, n'ont plus lieu de s'inquiéter de cette difficulté. Ce sont surtout les faits à physionomie épidémique qui attireront notre attention ; mais nous demandons auparavant à relever, parmi les cas isolés, deux observations qui ont trait à des militaires.

La première est celle de M. Jules Worms, que nous ne connaissons que par la clinique de Trousseau et sa reproduction textuelle dans le Traité de Frerichs, ce qui nous prive d'en savoir la date exacte, de même que la caserne d'où provenait le sujet. Il s'agis-

sait d'un voltigeur de la garde, âgé de 29 ans, « trapu et très-fort »
qui, sans cause apparente et en pleine santé, est pris de malaise,
d'inappétence, d'abattement. Le quatrième jour, il y a des vomissements bilieux, une prostration extrême, un ictère d'intensité
moyenne avec refroidissement de la peau, pouls lent et à peine
sensible. Le malade succombe le cinquième jour, dans la torpeur,
sans hémorrhagie. On ne dit pas si l'excitation a précédé la torpeur ; il semble plutôt qu'il n'en a pas été ainsi.

La seconde, probablement antérieure en date à la précédente,
est due à M. Léon Colin (1). Un soldat de l'administration, âgé de
21 ans, ayant six mois de service, caserné à Grenelle, « éprouve, le
28 octobre 1862, quelques symptômes d'embarras gastrique, courbature, inappétence... » Le 31 octobre, il se présente un léger
ictère ; le soir de ce même jour, « on le rencontrait sur le pont
d'Iéna, en proie à une extrême agitation, puis s'affaissant sur lui-
même ; il fut en cet état ramené à l'infirmerie, où son délire
éclata plus violent, et où, pendant toute la nuit, il dut être main-
tenu dans son lit par deux de ses camarades. » Le 1er novembre,
au Val-de-Grâce, M. Colin constatait l'atrophie du foie à la percussion, et l'homme succombait, le 2 au soir, dans un coma profond.

Dans les deux cas, il y avait atrophie considérable du foie ; l'organe pesait 900 grammes dans le premier, 940 dans le second ; la
rate était à peu près normale dans les deux ; les traces d'hémorrhagies étaient peu accentuées, cependant il est apparent que la
muqueuse gastrique avait saigné, ou, du moins, portait des ecchymoses.

Nous signalons ces faits qui nous semblent autrement démons-
tratifs que les ictères graves au sixième ou au septième mois de la
grossesse, rapportés par le professeur Frerichs. En admettant que
ceux-ci soient excellents pour l'anatomie de l'atrophie aiguë, les
cas de M. L. Colin et de M. J. Worms sont bien préférables pour
éclairer la clinique de l'ictère grave.

Mais les manifestations épidémiques de la maladie ont plus
d'importance encore. Nous croyons qu'elles ne manquent plus
aujourd'hui ; seulement, nous avouons qu'elles ne se ressemblent
pas exactement entre elles, non plus qu'elles ne ressemblent au
type anatomique institué par le professeur de Berlin. Cet aveu ne
nous coûte pas, du moment que nous voyons dans l'ictère grave

---

(1) *Etudes cliniques de médecine militaire*. Paris, 1864, p. 180.

Arnould.   4 essentiel autre chose qu'une maladie du foie. Les variations des signes, de la terminaison, des lésions anatomiques, n'eussent point trop embarrassé Trousseau ou Monneret, du moment que les phénomènes d'imprégnation générale existaient, et que la tendance à la détermination hépatique se trahissait suffisamment. Au demeurant, nous ne prétendons produire que des éléments de comparaison et n'imposons pas d'avance une assimilation qui répugnerait au lecteur. Tout bien considéré, la série de cas dont nous faisons en ce moment la relation, nous fait même l'effet d'être ce qui, jusqu'aujourd'hui, a le plus ressemblé à une épidémie d'ictère grave.

5. Frerichs et Trousseau mentionnent déjà l'épidémie de la maison centrale de Gaillon, relatée par M. le docteur Carville (1). L'épidémie commença au mois de mai et dura cinq mois environ. Le nombre des détenus atteints fut de 47, sur lesquels il y eut 11 décès. La maladie débutait par des frissons, du mal de tête, de l'abattement, de l'anorexie; le pouls était peu augmenté de fréquence, la température paraissait normale. Il y avait diminution ou même suppression des urines; celles-ci renfermaient toujours la matière colorante de la bile. La région épigastrique était habituellement sensible ; des nausées et même des vomissements se remarquaient parfois; il y avait plus souvent constipation (26 fois) que diarrhée (8 fois). La perte du sommeil était presque constante (40 fois). L'auteur appelle cette période, qui durait six jours en moyenne, période d'incubation. La seconde phase était marquée par l'ictère, les vomissements, les hémorrhagies (épistaxis dans 15 cas, hématémèse dans 2, purpura dans 3); la somnolence et le délire survenaient souvent à la fin de cette période. A l'autopsie, la rate était (10 fois sur 11) profondément altérée, hypertrophiée, ramollie et même diffluente; dans 8 cas, le foie ne parut pas altéré; dans un cas, l'intérieur de la glande était jaune d'ocre avec un pointillé rouge très-fin. Les reins étaient généralement décolorés, augmentés de volume et de poids dans 6 cas. On trouva souvent des ecchymoses sur la muqueuse digestive, sans ulcération; il n'y avait aux poumons que la congestion passive; le cerveau était congestionné dans 3 cas, dont un avec hémorrhagie méningée.

Les traits cliniques essentiels de la maladie observée par M. Carville sont les mêmes que ceux de la nôtre et que ceux de l'ictère grave, selon le type adopté par l'École française. Anatomiquement,

---

(1) *De l'ictère grave épidémique* (ARCHIV. GÉN. DE MÉD. 1864).

c'est autre chose, et il y a surtout de remarquable, au point de vue des différences, la rareté des lésions du foie, opposée à la fréquence des altérations de la rate, lesquelles auraient même été « profondes ». Mais, encore une fois, dans les maladies générales, les déterminations anatomiques ne sont pas inflexibles. Il nous suffirait, au besoin, que sur les 11 autopsies, on eût constaté une fois la teinte jaune d'ocre qui implique une dégénérescence hépatique, et une fois l'intégrité de la rate, pour être autorisés à ne pas voir, dans les divergences anatomiques, un obstacle au rapprochement des faits de M. Carville avec les nôtres ; tous ses cas, à lui, étaient sans doute de même nature ; cependant les lésions n'y ont pas été uniformes. Ajoutons que l'examen histologique du foie n'a pas été fait et que l'anatomie pathologique de la rate à l'œil nu est assez délicate ; nous ne voudrions, par exemple, jurer de rien pour les cas desquels on se borne à dire que la rate était hypertrophiée et ramollie : quelles sont les dimensions et la consistance vraiment pathologiques de la rate ?

6. M. le docteur Fritsch (dit Lang) a fait, en 1861, à Strasbourg, une thèse sur une épidémie d'ictère grave observée à Civita-Vecchia et dont les éléments, si nous ne nous trompons, lui ont été communiqués par M. Sarazin (Charles). On en trouve un court résumé dans le *Traité des Maladies et épidémies des armées*, Paris, 1875, de M. A. Laveran, à qui nous empruntons le passage suivant : « La fièvre débutait assez brusquement, les malades accusaient de la céphalalgie, des douleurs dans les membres ; souvent ils étaient pris de vomissements bilieux ; des hémorrhagies se produisaient soit à la peau (pétéchies), soit à la surface des muqueuses, enfin l'ictère apparaissait pâle ou très-foncé, et il amenait à sa suite les symptômes qui lui font habituellement cortège : coloration foncée des urines, ralentissement du pouls, constipation, érythèmes de la peau ; plusieurs fois les épistaxis très-abondantes nécessitèrent le tamponnement des fosses nasales ; quelques malades eurent du purpura sans ictère. Sur 47 cas de fièvres bilieuses, il y eut à Civita 4 décès ; les malades succombaient dans un état ataxo-adynamique très-prononcé ; dans une autopsie le foie fut trouvé pâle, couleur feuille-morte, foncé et congestionné dans une autre.

7. En 1865, au mois de mai, les casernes de Saint-Cloud, qui logeaient un bataillon du 1er régiment de grenadiers de la garde et une compagnie d'artillerie des mêmes troupes, envoyaient, du 1er au 25, 49 malades atteints à des degrés variables d'une affec-

tion que l'auteur (1) de cette relation ne désigne par aucun nom, mais qu'il incline à rapprocher de la fièvre jaune. Il la caractérise, du reste, par les traits suivants : « Unicité du frisson initial, prostration générale, douleurs très-vives dans les muscles des extrémités inférieures et du tronc accompagnées d'une hyperesthésie musculaire notoire. Ictère foncé précédé ou accompagné d'épistaxis difficiles à arrêter, pétéchies, pouls n'offrant qu'une fréquence ordinaire et s'abaissant presque sans transition et brusquement au moment de l'amélioration ; injection de la conjonctive ; conservation de l'intelligence dans tous les cas, même les plus graves ; affection des reins. » Ajoutons : vomissements bilieux, au début, et anorexie complète, persistante.

Nous ne trouvons, dans le rapport de M. Worms, non plus que dans celui de M. Fropo, qui est annexé au premier, aucun indice qu'il y ait eu, dans le même moment, à Saint-Cloud, d'autres troupes que ce bataillon de grenadiers et cette compagnie d'artillerie ; il paraît probable qu'il n'y en avait pas. Dans tous les cas, la population civile de la localité n'éprouva pas la moindre éclaboussure de l'épidémie. Les Rapporteurs désignent comme cause première la mauvaise qualité de l'eau, que l'on n'a, du reste, convaincue que de malpropreté banale.

Il n'y eut aucun décès, malgré la gravité apparente des accidents chez quelques-uns des malades. L'ictère paraît avoir été essentiellement *hématique*, à l'auteur du récit qui a peut-être une confiance exagérée dans la physiologie de Virchow et s'arrange trop aisément de certaines théories pour expliquer la présence de la matière colorante de la bile dans l'urine. On ne saurait, toutefois, ne pas reconnaître avec lui la prédominance de l'élément *hémorrhagie*. L'urée, rarement dosée, ne semble pas avoir notablement diminué de proportion ; il y avait 16 gr. par litre dans un cas et 14 gr. dans un autre. En revanche, le pharmacien du Gros-Caillou, M. Roucher, trouvait, au microscope, dans ces urines, des tubes et des moules rénaux. Le foie et la rate ne présentèrent pas de modification de volume à la percussion, que l'hyperesthésie musculaire ne permit, à la vérité, de pratiquer qu'un peu tard.

Nous nous garderons d'atténuer les différences considérables qui existent entre cette épidémie et la nôtre. Si, cependant, l'on était

---

(1) Worms. *Rapport sur la maladie qui a régné pendant le mois de mai 1865 sur les troupes casernées à Saint-Cloud* (Recueil de Mémoires de méd. militaire. juillet 1865).

porté à ne voir dans les faits de Saint-Cloud que le résultat d'une influence banale, nous pensons que ce qui va suivre donnera à réfléchir.

8. Deux mois après l'épidémie traitée au Gros-Caillou, le Val-de-Grâce, en juillet et août 1865, recevait également, d'une façon successive, 49 malades du 40ᵉ régiment de ligne, venus de la caserne de Lourcine et représentant une série d'accidents extrêmement rapprochés de ceux de Saint-Cloud. La maladie débutait brusquement par un frisson, qui se répétait quelquefois le lendemain, à une ou plusieurs reprises; l'abattement, l'anorexie, les nausées et les vomissements bilieux survenaient bientôt; l'ictère apparaissait du sixième au dixième jour, « sur la moitié des malades », et « aussi bien chez les malades qui n'avaient pas présenté d'hémorrhagie que chez ceux qui en avaient été atteints. » Tous accusaient une constipation opiniâtre. A la fin de la période fébrile apparaissaient les hémorrhagies, du cinquième au dixième jour. Les urines contenaient de la biliverdine, d'après l'analyse de M. Jaillard, et pas de sucre; on ne dit rien de l'albumine, ni de l'urée; une fois « il y a eu hématurie avec suppression des urines. » Un seul cas se termina par la mort; c'était un homme porteur de tubercules. « Les lésions récentes consistaient dans la coloration ictérique des tissus, une hyperémie de l'intestin, la distension de la vésicule biliaire, une hyperémie des reins, avec altération granuleuse de l'épithélium, 1ᵉʳ degré de Henle. » On remarqua, comme étiologie, que les soldats de 25, 30, 35 ans, et au delà, étaient plus particulièrement frappés, de même que l'étaient les détenus de 40 à 70 ans, à Gaillon; de même que l'avaient été naguère, à Saint-Cloud, les soldats de la garde, en général hommes de quelques années de service. Les malades du 40ᵉ, parmi lesquels un certain nombre de cas légers n'étaient même pas venus à l'hôpital, avaient aussi consommé une eau des plus suspectes, très-probablement pénétrée de matières organiques et peu aérée. A vrai dire, le savant auteur de ce travail (1) ne se préoccupe plus guère de ces conditions étiologiques lorsqu'il discute la nature de cette singulière maladie.

Nous ne voulons pas suivre, ni contredire M. Laveran, notre vé-

---

(1) Laveran : *Relation d'une petite épidémie de fièvre rémittente bilieuse qui s'est déclarée à la caserne de Lourcine, pendant les mois de juillet et d'août 1865.* (Rec. de Mém. de médec. milit. Janvier 1866.

néré maître, dans les considérations qui le déterminent à présenter la maladie de Lourcine comme « identique, dans ses formes graves, avec la fièvre rémittente bilieuse hématuriqne des pays chauds, et dans ses formes légères avec la rémittente bilieuse des pays tempérés secs de Pringle. » Il semble qu'une maladie qui se développe en plein Paris, dans une caserne et un quartier imprégnés de détritus humains, ou même à Saint-Cloud, mais au mois de mai, n'incline guère vers la classe des affections dont les conditions de sol et de climat caractérisent au premier chef l'étiologie. L'éminent professeur, hâtons-nous de le constater, prévoyait du reste que cette fièvre rémittente, ainsi que l'ictère grave, pourraient bien aboutir quelque jour au cadre nosologique qui comprend déjà la bilieuse typhoïde de Griesinger, la fièvre à rechutes (deux noms pour une même chose), et la fièvre jaune, trois espèces à l'origine desquelles les influences telluriques passent aujourd'hui pour jouer un rôle bien médiocre, si tant est qu'elles en aient un. Depuis lors, notre distingué collègue, M. A. Laveran, agrégé du Val-de-Grâce, a cru pouvoir faire descendre l'étiologie des hautes régions où son père se plaisait à la suivre. Le jeune épidémiologiste est d'avis que « c'est avec des empoisonnements par le phosphore et l'arsenic que les petites épidémies de Saint-Cloud et de Lourcine présentent le plus de rapports. » Quant au véhicule du phosphore ou de l'arsenic jusqu'à l'eau des casernes, M. A. Laveran propose « l'hypothèse » de l'apport par les rats, qui sont signalés dans les relations comme fréquentant librement les réservoirs des casernes et qui pouvaient bien y venir mourir, après avoir mangé les tartines de pâte phosphorée qu'on emploie parfois à leur destruction dans Paris et ailleurs. Cette idée n'est pas absolument nouvelle; il se peut qu'elle soit bonne. Cependant, on ne peut s'empêcher de trouver singulière cette coïncidence de deux séries soudaines d'empoisonnements, imitant les bouffées épidémiques, à deux mois de distance, l'une à Paris, l'autre à Saint-Cloud; accidents que l'on ne vit nulle part ailleurs dans Paris, à cette époque, et qui ne s'étaient jamais montrés à aucun degré dans les casernes où éclatèrent, en 1865, ces phénomènes bizarres.

Ce n'est pas pour les besoins de notre cause que nous soulevons ces difficultés. Il nous serait plutôt utile que les faits de Saint-Cloud et de Lourcine fussent des empoisonnements phosphorés ; notre maladie différant des ictères de 1865, par plus d'un caractère et particulièrement par la gravité, nous aurions un motif de plus de penser que nous avons assisté à une vraie épidémie d'ictère grave essentiel.

9. On a comparé souvent l'ictère grave à la *fièvre récurrente* et à la *typhoïde bilieuse* de Griesinger. Commençons par fixer ce point: que la typhoïde bilieuse est la même que la fièvre récurrente; la première est simplement le degré le plus élevé de la seconde. C'est ce qui ressort de la lecture des deux chapitres de Griesinger, relatifs à ces affections, à condition que l'on se renseigne à la source ou tout au moins dans la traduction claire et fidèle que M. Vallin vient de publier (1). Or, il ne faut pas oublier que la typhoïde bilieuse est un typhus, au sentiment de Griesinger, de même que la fièvre récurrente, à laquelle nous avons autrefois donné son vrai nom de *typhus à rechutes.*

Ce ne serait peut-être pas une raison pour repousser, non point l'identité, mais toute affinité entre les typhus bilieux et les ictères graves. M. Vallin déclare même, dans une de ses notes à Griesinger, qu'il paraît possible de rapporter à la typhoïde bilieuse les épidémies d'Irlande, qualifiées par Graves de *mild yellow fever*, l'épidémie de Gaillon et celle de Civita-Vecchia. Mais il n'en serait plus de même des épidémies de Saint-Cloud et de Lourcine; « outre la bénignité extrême de ces dernières, un autre caractère ne permet pas de les confondre complétement avec la typhoïde bilieuse, c'est le degré très-faible de la fièvre, la température n'ayant pas dépassé 38° à 38°,5, alors que Griesinger insiste sur l'intensité condérable de la fièvre chez ses malades. Il s'agit plutôt ici de fièvres bilieuses ou d'ictères de nature encore indéterminée, peut-être même à la rigueur d'empoisonnements par le phosphore..... »

Ce que toutes les fièvres à manifestations bilieuses ont incontestablement de commun, c'est d'avoir vivement intrigué les médecins anciens et modernes, sans qu'il soit jamais sorti de là une théorie générale satisfaisante. Par ailleurs, il est plus que probable que ces fièvres forment plusieurs espèces distinctes, que l'on pourrait peut-être réunir en un seul groupe à la faveur des affinités cliniques et surtout étiologiques, mais qu'il n'y a aucun intérêt à rapprocher de vive force. S'il y avait lieu de tenter la constitution d'un faisceau homogène, nous serions disposé à réunir les ictères graves, sporadiques ou épidémiques de nos pays et de nos conditions sociales, entre eux bien plutôt qu'avec les fièvres bilieuses exotiques, où le climat et le sol jouent un si grand rôle;

---

(1) Griesinger : *Traité des maladies infectieuses.* 2e édition, trad. par le docteur Lemattre; revue, corrigée et annotée par le docteur E. Vallin; Paris, 1877.

bien plutôt qu'avec les typhus bilieux, nés dans des milieux où se pressent les conditions habituelles de la genèse du typhus. On avouera, toutefois, qu'en raison des circonstances étiologiques, la classe, ou l'espèce, des ictères graves des pays tempérés, si l'on parvient jamais à la former, penche beaucoup vers la classe des typhus et nullement vers les fièvres d'origine tellurique.

Il est certain que, malgré le symptôme commun de la biliosité, des vomissements et de l'ictère, nos ictères graves ne ressemblent nullement au typhus à rechutes. Nous signalons même expressément, à titre de différence capitale, l'absence des rechutes dans la série de cas que nous venons d'observer. La rechute, nous avons cherché à le démontrer ailleurs (1), est un phénomène familier aux typhus, quels qu'ils soient; si nos huit ou dix cas d'ictère grave eussent été un typhus, il est impossible que nous n'eussions pas observé au moins un cas à rechutes. Il y aurait peut-être plus de contacts au point de vue des lésions; dans le typhus à rechutes, comme dans nos ictères, il y a un envahissement stéatosique du cœur, des reins, et même du foie; car, bien que ce dernier organe, chez les typhiques, paraisse le plus souvent en état d'hypertrophie congestive, il y a des indices que cet état n'est que la première phase d'un processus devant aboutir, en fin de compte, à la transformation graisseuse : « Le foie, dit Griesinger (2), est d'ordinaire tuméfié et turgescent, tantôt congestionné, tantôt anémié et spongieux, mou, gras et imbibé uniformément d'une coloration jaune. » Que se passe-t-il dans l'ictère grave? On trouve le foie réduit de volume et les cellules profondément atteintes; mais cette phase passive n'est évidemment pas le fait primitif et, comme Frerichs le prouve en intitulant l'atrophie aiguë : *Hepatitis parenchymatosa*, elle succède simplement à un molimen congestif qui a duré plus ou moins longtemps. Quant à l'hypertrophie et au ramollissement de la rate, il faudrait les laisser complétement aux fièvres récurrentes, si la relation de M. Carville ne les affectait aussi à une série de cas épidémiques qu'il est difficile de ranger ailleurs que dans les ictères graves de nos pays, et que l'on ne saurait toujours revendiquer pour le cadre du typhus à rechutes. Nous-même nous avons un cas avec l'hypertrophie splénique et peut-être le ramollissement.

---

(1) J. Arnould : *Origines et affinités du typhus*. Paris, 1869. 2ᵉ partie, page 53 et suiv.

(2) *Loc. cit.*, page 489.

Les lésions anatomiques n'ont pas l'invariabilité que l'on a pré-
tendue, dans les maladies générales et surtout dans les typhus.
Les observations de fièvre typhoïde où manque la lésion intestinale ne sont pas inouïes; nous en avons cité une (1). Les déterminations anatomiques varient assez souvent d'une épidémie à
l'autre. Aussi, ne voudrions-nous pas séparer absolument des séries de cas, du reste très-rapprochés, parce que l'hypertrophie
de la rate existe dans une série et fait défaut dans l'autre.

10. Par réciprocité, nous n'assimilerons pas l'épidémie de Lille,
type si réussi de fièvre jaune *nostras*, à la fièvre jaune du golfe
du Mexique, sous prétexte que nous rencontrons ce fait anatomique commun : l'intégrité de la rate. Les manifestations cliniques divergent par trop ; la marche des cas est trop différente de
l'une à l'autre, et, en particulier, nous ne voyons dans aucun de
nos cas la période de rémission, si remarquable, non dans tous les
cas, mais dans toutes les épidémies de fièvre jaune (2). Par-dessus
tout, nous ne saurions atténuer la distinction des milieux étiologiques. Sans doute, la fièvre jaune, ainsi que l'on en convient de
nos jours (3) dépend des groupes humains et des relations humaines, non des influences telluriques, dans sa propagation sinon
dans son origine; c'est aussi le milieu humain qui apparaît comme
le fait dominateur, à l'origine de notre épidémie. Mais, tout autour
de cette condition commune, si capitale qu'on la suppose, que de
circonstances décisives qui disparaissent d'un cas à l'autre ! Nous

---

(1) J. Arnould : *Origines et affinités du typhus*, p. 73.

(2) Et pourtant, même dans ce point particulier du domaine de la
clinique, les deux maladies, dont les affinités nosologiques sont d'ailleurs incontestables, auraient peut-être encore de vagues points de
contact. Ne pourrait-on voir une ébauche de la rémission de la
fièvre jaune dans la seconde partie de la phase ictérique de notre observation III? Il y eut, dans celle-ci, une période de deux à trois
jours, entre les débuts du mal et l'explosion des accidents nerveux,
qui, sans faire absolument illusion, put paraître un mieux relatif,
une phase de sédation véritable par rapport aux phénomènes assez
bruyants des premiers jours. Pour compléter les rapprochements,
c'est dans ce cas que la rate se présenta hypertrophiée et un peu
molle.

(3) Voy. A. Hirsch : *Ueber die Verbreitungsart von Gelbfieber*
(D. Vierteljahrsschrift f. oeff. Gesundheitspflg., 1872). — Fu-
zier : *Résumé d'études sur la fièvre jaune* (Spectateur militaire,
1877).

ne disposons plus, à Lille, du climat ni de la position littorale de la Vera-Cruz ; ce sont, cependant, des conditions si nécessaires que, au Mexique même, les germes de fièvre jaune deviennent stériles quand elles leur manquent. Un foyer de fièvre jaune transporté en France est encore dangereux ; les malades isolés ne le sont plus. Il a suffi pour cela d'amener le principe infectieux dans l'intérieur des terres et sous une température moyenne de 10°. « On ne saurait, dit Griesinger, parler de fièvre jaune dans des climats froids à l'intérieur des terres. » Cette raison est péremptoire ; sans cela, Griesinger lui-même verrait de frappantes analogies entre la fièvre jaune et l'ictère grave, au point qu'il « est vraiment impossible d'établir le diagnostic de l'ictère grave dans un pays où règne la fièvre jaune ».

Nous resterons sur le terrain où Monneret a placé cette question. En appelant notre épidémie : *fièvre jaune nostras*, nous n'entendons établir aucune identité de nature ni d'origine. C'est seulement une indication pour la nosologie. Ajoutons ici que notre maladie ne s'est montrée transmissible sous aucun mode.

11. Depuis quinze à vingt ans, en même temps que s'élevait l'entité morbide de l'*atrophie aiguë* ou *jaune du foie*, des recherches méritoires et aujourd'hui assez nombreuses tendaient à restreindre, sinon à détruire, le domaine de l'ictère grave essentiel. Nous voulons parler des études cliniques et expérimentales sur les *empoisonnements par le phosphore*.

L'ictère grave de la garnison de Lille n'est pas un empoisonnement par le phosphore ; telle est la proposition que nous voulons maintenant établir.

M. Lécorché (1), dans un très-judicieux mémoire, quoique l'auteur y cède un peu à la théorie, fait voir qu'il existe trois formes d'empoisonnement par le phosphore. M. Ménard (2) les a reproduites expérimentalement. La première forme est rapide, suit de près l'ingestion du poison, se manifeste d'emblée par des accidents nerveux et ne s'accompagne ni d'ictère, ni d'hémorrhagie ; pour M. Lécorché, c'est une sorte d'asphyxie ; elle est due à l'hydrogène phosphoré. La seconde est plus lente, se caractérise par les hémorrhagies, l'ictère et les stéatoses viscérales ; elle est le fait de

---

(1) *Étude physiologique, clinique et thérapeutique du phosphore.* (*Archives de physiologie normale et pathologique*, t. I, 1868, et t. II, 1869).

(2) *Étude expérimentale sur quelques lésions de l'empoisonnement aigu par le phosphore.* (Thèse de Strasbourg, 1869).

l'acide phosphorique, lequel se produit aussitôt quand le phosphore est ingéré avec des aliments et trouve assez d'oxygène dans le tube digestif pour s'oxyder entièrement; ou bien, quand de petites doses de phosphore, ingérées à jeun, fournissent successivement des quantités d'hydrogène phosphoré trop faibles pour provoquer l'asphyxie, et qui se transforment naturellement en acide phosphorique. On conçoit que l'hydrogène phosphoré puisse manifester d'abord les accidents qui lui sont propres, mais que bientôt, par sa transformation en acide phosphorique, il cède la place aux signes de cette dernière intoxication; de là une troisième forme, ou mixte, qui est comme la succession des deux formes normales chez le même individu.

Si le phosphore a été en jeu dans notre série d'ictères, il est évident que nous ne pouvons avoir eu affaire qu'à l'empoisonnement par l'acide phosphorique, formé selon l'un des deux modes qui ont été indiqués. Or, il est à peu près impossible que l'acide phosphorique, dans les cas actuels, soit venu de petites doses de phosphore, successivement ingérées et ayant passé par l'état d'hydrogène phosphoré. Cette circonstance ne pourrait guère s'être réalisée, chez nos malades, que par l'usage commun d'une eau dans laquelle du phosphore serait arrivé par un moyen quelconque. Mais nous avons vu que l'examen chimique, moins encore que les garanties matérielles, mettait leur eau à l'abri du soupçon. D'ailleurs, qu'est-ce qui pourrait bien avoir protégé, contre ces accidents, les chasseurs de l'aile droite des bâtiments, qui buvaient la même eau que l'artillerie et le train? Il est probable aussi que les malades eussent été plus nombreux, même dans les pavillons atteints, si le mal venait d'une eau empoisonnée; les poisons chimiques ont une action plus fatale que les miasmes et même que les virus, et, quand des groupes entiers y sont soumis, il n'y a guère de variations dans la réceptivité individuelle. Notons que l'on ne prit aucune mesure d'hygiène générale, ni même particulière, contre l'extension de l'épidémie. Les médecins ayant cherché consciencieusement la cause de ces accidents, et ne trouvant rien, ne crurent pas devoir improviser une étiologie; ils ne signalèrent à l'autorité militaire aucun point spécial; la caserne ne fut pas évacuée, les hommes ne furent pas déplacés de leurs chambres, aucun changement n'eut lieu dans l'approvisionnement d'eau, aucune recommandation ne parut à l'ordre de la place, aucune amélioration ne fut introduite dans les locaux, dans les appareils ou conduites d'eau, ni dans le régime, sauf que le commandement fit faire quelques distributions de vin ou de bière, sur l'indication de M. le médecin en chef de l'hôpital militaire, excellente en tout temps, mais qui, pensons-nous, n'a pas d'efficacité spécifique; on sait, en effet, que l'exiguïté de la ration militaire de vin (25 centilitres) ne lui permet pas d'être autre chose qu'un tonique et un stimulant digestif; ce n'est pas cela qui diminue le besoin de restitution aqueuse et empêche le soldat de recourir à l'eau toute seule pendant les chaudes journées d'été. Malgré la nullité des mesures propres à supprimer l'influence épidémique, la maladie prit fin toute seule, ce qui, par parenthèse, jette quelque doute sur les droits qu'ont pu acquérir à la reconnaissance publique les médecins ou les administrateurs qui se flattent, çà et là, d'avoir éteint une épidémie en fermant un puits.

Enfin, en supposant que, par impossible, un sous-officier, ou deux hommes occupant une chambre, aient trouvé un moyen d'avoir à leur disposition une boisson empoisonnée, comment se fit-il que, dans le pavillon voisin, des hommes placés au milieu de trente compagnons de chambre, se soient trouvés dans le même temps en possession du même funeste privilége?

On sait aussi que les sous-officiers ou brigadiers et les soldats déjà anciens de service, naturellement intelligents ou suffisamment avisés par la pratique du métier, ne sont pas de ceux qui commettent le plus de sottises au point de vue de l'hygiène et mangent ou boivent sans regarder, ni flairer.

Il faut donc, toujours dans l'hypothèse du phosphore, que l'empoisonnement ait été brusque, et qu'une notable quantité d'acide phosphorique se soit trouvée, à un moment donné, dans le tube digestif de nos malades. On accordera bien que nous ayons eu affaire à une série de gravité au moins moyenne, puisque la mortalité y a atteint à près de la moitié des cas, proportion que Lebert et O. Wyss indiquent comme représentant les chances des empoisonnements phosphoriques rationnellement traités.

On sait comment les choses se passent dans les empoisonnements phosphorés authentiques et reconnus, lesquels sont presque toujours des suicides, dans les observations que l'on possède jusqu'à présent. Un individu fait macérer dans de l'eau les têtes de quelques centaines d'allumettes chimiques et avale ce breuvage, soit avec les têtes d'allumettes, soit sans elles. Dans ce dernier cas, on en revient assez souvent; dans le premier, l'autopsie démontre quelquefois la présence de quelques têtes d'allumettes restées dans une portion de l'intestion. Il n'y a, certes, aucune présomption de tentative de suicide chez nos malades; ils auraient donc avalé une préparation phosphorée, tombée dans leur boisson ou leurs aliments par un étrange hasard, comme les allumettes laissées dans la salade, de la deuxième observation de Fritz et Verliac, ou incorporée à ces substances par une malveillance qu'il est non moins impossible de s'expliquer. N'oublions pas que les allumettes chimiques sont la préparation phosphorée qui est essentiellement entre les mains de tout le monde. Est-il possible d'ingérer un nombre considérable de têtes d'allumettes, quand on n'en a pas l'intention, sans s'en apercevoir ? Et, si la chose, ou une circonstance analogue, s'est réalisée, comment n'en avons-nous rien vu aux autopsies ? Si, au contraire, il n'y a eu qu'une macération phosphorique mêlée aux aliments de nos hommes, en supposant que l'odeur et la saveur leur en aient échappé, ce qui est difficile, comment avons-nous eu une mortalité de 4 sur 10 (peut-être de 4 sur 8) ? M. A. Laveran suggère que les épidémies de Lourcine et de Saint-Cloud pourraient avoir été dues à l'usage d'une eau légèrement phosphorée ; or, ce qui rend l'hypothèse admissible, c'est précisément que personne n'est mort de ces épidémies-là.

Il y a des repas malheureux dans lesquels les convives ont simultanément ingéré un poison végétal ou autre, des champignons vénéneux, par exemple. Tous ne deviennent pas toujours également malades, parce que chacun a mangé plus ou moins du mets fatal, ou parce que les résistances individuelles varient. Mais, du moins, tous sont malades à peu près dans le même temps, à quelques heures près. Jamais, un poison, minéral surtout, n'a mis huit jours de différence dans son action sur l'économie, selon les individus. Faites prendre 5 centigrammes d'émétique à huit ou dix personnes ; quelques-unes vomiront au bout de quelques minutes, d'autres au bout d'une heure, d'autres ne vomiront pas du tout; mais aucune d'elles ne mettra plusieurs jours avant de manifester l'action de la préparation antimoniée. Nos huit premiers malades, ceux pour qui il n'y a pas d'objection à soulever, ont mis du 6 ou du 7 au 14 juin à accuser le début du dérangement de leur santé ; le premier est entré à l'hôpital le 8 juin, le dernier le 19. Il n'est pas possible que tous aient été victimes du même et unique accident alimentaire, ou plutôt il résulte de là qu'il ne s'agissait pas d'un accident, mais d'une influence commune et relativement durable.

D'ailleurs, il nous manque réellement beaucoup des symptômes et des lésions les plus importants de l'empoisonnement phosphorique par doses massives. Sans doute, tel ou tel signe peut faire défaut dans quelques cas vus isolément, sans que l'on puisse en rien conclure d'une façon absolue et générale; mais l'absence de ceux que nous allons dire prend une haute signification quand elle est constante dans une série un peu nombreuse (1), comme c'est le cas pour la nôtre.

a. Il est des signes de l'ordre des troubles digestifs, qui ne manquent guères dans les empoisonnements phosphoriques, et qui n'ont pas été remarqués dans les accidents de Lille.

C'est d'abord l'odeur et la phosphorescence des premiers vomissements. Nous avons exploré par l'odorat, comme avec les yeux, les matières vomies par quelques-uns de nos malades (les autres n'ayant plus eu de vomissements une fois à l'hôpital), et en particulier par le sujet de l'Obs. I, qui n'était pas encore très-loin du début. Ces vomissements, bilieux, d'une couleur vert bleuâtre, n'avaient que l'odeur fade, habituelle de la bile. Nous n'avons pas recherché la phosphorescence (on ne pense pas à tout), mais des malades ont eu des vomissements étant à la chambre, pendant la nuit, entourés de camarades qui, très-probablement, les secouraient dans de certaines limites; dans une circonstance, ces camarades ont donné des renseignements sur la nature des matières vomies, ils n'auraient pas manqué de remarquer la phosphorescence ou de signaler l'odeur d'ail, si ces particularités s'étaient offertes. Personne, non plus, dans notre entourage de médecins et d'élèves, n'a perçu l'odeur d'ail dans l'haleine des malades, que nous avons, au contraire, remarquée involontairement et sans y penser, comme étant d'une extrême fétidité; mais cette fétidité était simplement putride, *fécale* (c'est la comparaison qui vint à l'esprit de tout le monde).

Les vomissements, dans l'empoisonnement phosphorique, suivent de près l'ingestion du poison. Dans la seconde des observations de Fritz et Verliac, ils apparaissent en trois heures. Une observation due à Knœvenagel (2), résumée dans les Archives de médecine de février 1870, indique des « vomissements abondants immédiatement après l'ingestion du poison », lequel était une

---

(1) Consulter comme termes de comparaison : Fritz, Ranvier et Verliac : *De la stéatose dans l'empoisonnement par le phosphore* (Archiv. gén. de méd., 1863).

— Bucquoy : (Société méd. des hôpit., 1868). — Frerichs : *loc. cit.*, p. 275. — H. Lebert et O. Wyss : *Études cliniques et expérimentales sur l'empoisonnement aigu par le phosphore* (Archives gén. de méd., septembre 1868).

(2) Berliner klin. Wochenschrift, n° 16, 1869.

macération d'allumettes dans l'eau. Chez nos malades, au contraire, les vomissements sont survenus tardivement ; le fait est certain, au moins pour les deux premiers, cas très-graves puisque les hommes sont morts ; les renseignements très-précis donnés par M. Mengin fixent le début de ce phénomène au troisième jour de la maladie.

Lebert et O. Wyss signalent les douleurs de ventre et d'estomac, le météorisme, la diarrhée dans les deux tiers des cas, au moins dans les douze premières heures, tous phénomènes bien en rapport avec la présence d'un agent irritant dans les voies digestives. Nous avons vu, plutôt, le ventre plat et même un peu excavé, insensible ; l'estomac ne se plaignait pas toujours spontanément, il fallait la palpation pour éveiller de la douleur au creux épigastrique, dont la sensibilité ne surpassait d'ailleurs pas celle de la région du foie. Enfin, il est expressément noté dans nos observations que jamais il n'y a eu de diarrhée au début, ni à aucun moment, quoiqu'il y ait eu de la constipation dans le décours de la maladie, comme il arrive dans les empoisonnements phosphoriques. En d'autres termes, notre maladie paraissait commencer par le foie, et la phase gastro-intestinale de l'empoisonnement par le phosphore manquait entièrement.

Du côté du foie lui-même, nous avons généralement constaté la douleur, mais jamais l'augmentation de volume que Lebert et O. Wyss disent n'atteindre son maximum qu'après le troisième jour, dans l'empoisonnement phosphorique.

b. La différence de l'état des urines, dans cet empoisonnement et dans nos ictères, serait capitale, si les vues physiologiques de M. Lécorché sont exactes. Pour ce savant distingué, l'ictère de l'empoisonnement phosphoré est essentiellement hématique (ou hémaphéïque) : « L'ictère qui fait partie du processus morbide lié à l'intoxication phosphorique, n'est, pour ainsi dire, qu'un diminutif des hémorrhagies qui se développent concurremment ; et ce qui prouve bien l'intime connexion qui existe entre ces deux manifestations, c'est qu'il n'est pas rare de trouver les urines non-seulement brunes, mais sanguinolentes ; ce n'est pas seulement la matière colorante du sang qui a filtré dans l'urine, les globules eux-mêmes ont été versés dans les canalicules rénaux et consécutivement expulsés. » Lebert et Wyss n'ont pas constaté la teinte rouge-sang ni trouvé une quantité tant soit peu notable de sang dans les urines, mais ils y ont rencontré l'albumine, qui pourrait bien avoir ici la même signification : « La présence d'albumine dans les urines est sinon aussi constante que le pigment biliaire, au moins très-fréquente, peu notable dans quelques cas, considérable dans d'autres. » Sans doute, il est avéré que l'albuminurie peut manquer dans l'empoisonnement phosphoré, comme dans l'ictère grave, même avec une profonde altération de l'épithélium rénal ; c'est un fait curieux que M. Vallin a particulièrement mis en relief (1) et qui a l'air d'inquiéter la théorie des urines hématiques de M. Lécorché. Mais, encore une fois, il faut chercher la juste expression des choses dans la comparaison des séries entre elles. C'est ce que nous faisons en prenant pour base les conclusions de Lebert et Wyss et en appréciant la valeur de nos observations à la mesure de leurs résultats d'ensemble. Or, dans quarante-trois analyses, portant sur 7 de nos malades, M. Thibaut, pharmacien, ancien interne des hôpitaux de Paris, a noté seulement deux fois la *présence* de l'albumine dans l'urine du malade de l'Obs. III, une fois la présence et une fois des *traces* d'albumine dans les urines du malade de l'Obs. VI, enfin une fois des traces dans l'Obs. VIII ; jamais des quantités dosables. Les malades des Obs. IV et VII, cas très-accentués cependant, n'en présentèrent jamais. On peut déjà, de ces détails, inférer que les éléments du sang se trouvaient peu ou point dans les urines de nos malades, lesquelles étaient d'ailleurs brunes et non rouges. Une fois, un dépôt abondant, constaté dans ce liquide (Obs. VII), fut reconnu être constitué par des urates et du mucus, sans apparence de globules sanguins. Quand il y a du sang dans un liquide, celui-ci est nécessairement albumineux, mais la réciproque n'est pas vraie ; dans le cas particulier, le peu d'albumine que l'analyse a retrouvée, et il est étonnant qu'il n'y en ait pas davantage, provient simplement de l'envahissement du rein par la stéatose, ou même d'incidents physiologiques bien moins importants. Un purgatif suffit à faire apparaître des traces d'albumine dans l'urine.

Ce qui semble prouver encore qu'il ne se passait rien d'analogue au molimen hémorrhagique du côté de l'appareil urinaire plus particulièrement, c'est qu'aucun de nos malades n'a manifesté les troubles pour ainsi dire mécaniques de la miction, qui sont si communs dans l'empoisonnement phosphoré. A chaque instant, les observations de cette catégorie mentionnent la dysurie, la suppression des urines, la nécessité d'évacuer l'urine avec la sonde ; dans les nôtres, la quantité d'urine a baissé, mais sans dysurie vé-

(1) Em. Vallin : *Contribution à l'anatomie pathologique de l'ictère grave* (GAZETTE HEBDOMAD. DE MÉD. ET DE CHIR., 1867, nos 31 et 32).

ritable; il n'y a eu nécessité de vider la vessie par le cathétérisme que pendant l'extrême coma, ce qui arrive dans toutes les maladies dont le coma est la manière de finir.

Notre ictère s'est montré vraiment biliaire. Si, plus tard, comme c'est incontestable, les hémorrhagies se sont fait jour dans mainte direction, nulle part elles n'ont paru être le résultat de la dissolution globulaire; elles ont été bien plutôt celui de l'envahissement stéatosique du système vasculaire.

M. Lécorché a encore noté, dans ses expériences, l'augmentation des phosphates de l'urine, dans les deux premiers jours et au delà, pendant que baisse celui de l'urée et des sulfates. Jamais une semblable contradiction entre deux phénomènes ordinairement solidaires ne s'est présentée dans les analyses de M. Thibaut; jamais l'acide phosphorique ne s'est montré dans l'urine de nos malades comme indépendant des combustions organiques et pouvant, par conséquent, procéder simplement du phosphore introduit en nature dans le liquide sanguin. Les proportions de phosphates ont, au contraire, baissé à peu près comme celles de l'urée; d'habitude, le chiffre absolu d'acide phosphorique a été au-dessous de la moyenne de 3 gr. 50 par jour, indiquée par J. Vogel (1); preuve que la combustion interstitielle s'appauvrissait en raison de la médiocrité ou de la nullité de l'alimentation et que les phosphates, non fournis par celle-ci, n'étaient pas suppléés par du phosphore introduit en nature (2). Cet argument, tiré de la faible proportion des phosphates dans l'urine, serait presque péremptoire, si l'on ne pouvait objecter que nos analyses ont été faites après le deuxième jour de l'invasion des accidents; à ce moment, en effet, l'augmentation des phosphates de l'urine s'arrête et même rétrograde, pour des raisons très-bien exposées par M. Lécorché, lors même que de nouvelles doses de phosphore seraient administrées. Cette objection porte juste, il faut le reconnaître. Cependant, remarquons que si, dans les expériences du physiologiste que nous invoquons, les phosphates ont diminué

---

(1) Voy. Beaunis : *Nouv. élém. de physiologie humaine.* Paris, 1876.

(2) Pour être rigoureusement exact, il faut dire que les chiffres de l'acide phosphorique de l'urine manquent dans nos deux premières observations, et que, dans la VIe (Cor..., cas mortel), ces chiffres, sans être absolument élevés, le sont assez pour faire quelque contraste avec l'abaissement des proportions d'urée urinaire.

après la cessation de l'ingestion du phosphore, ç'a été progressivement et sans que leur proportion soit tombée au-dessous de la normale. Cette chute au-dessous de la moyenne a été, au contraire, la règle dans nos observations. Elle s'est faite de bonne heure, et la proportion des phosphates est allée ensuite en remontant et se rapprochant de 3 gr. 50 (cas heureux), à mesure que l'alimentation redevenait possible et l'assimilation réelle.

c. En conformité avec sa conception de l'ictère hématique dans l'empoisonnement phosphoré, M. Lécorché regarde l'état du sang, dans cet empoisonnement, comme une dissolution, une destruction globulaire. Nous avons examiné seulement une fois le sang d'un de nos sujets, au moment de l'autopsie; les globules étaient remarquablement intacts. Il est vrai que Lebert et Wyss ont constaté la même chose dans leurs faits cliniques.

d. La marche de nos accidents, et particulièrement celle de la période nerveuse, n'est pas précisément ce que l'on rencontre le plus habituellement dans les empoisonnements phosphorés. Lebert et Wyss s'expriment ainsi : « Il y a plutôt tendance à la prédominance des phénomènes de faiblesse et de dépression, avec intercurrence seulement de signes d'irritation prononcée... Le délire, sans être rare, est ordinairement transitoire et alterne avec le coma, parfois il survient vers la fin; dans quelques cas exceptionnels, le délire est furieux, presque maniacal, pour passer cependant, vers la fin, à l'état soporeux. » Ce qui a été l'exception chez les malades de Lebert a été la règle chez les nôtres, du moins dans les cas graves, soit dit sans vouloir affaiblir les affinités symptomatiques incontestables qui existent entre l'ictère grave et l'empoisonnement phosphoré. On voit aussi les sujets des observations de Fritz, Ranvier et Verliac aller en s'éteignant sans réaction nerveuse, en ébauchant à peine une légère crise de cet ordre.

e. Nous avons déjà appelé l'attention sur la tuméfaction du foie, signalée pendant la vie chez la plupart des empoisonnés phosphoriques, et que l'on retrouve dans deux observations de Lebert et Wyss, terminées par la guérison. Le même fait est exprimé dans le plus grand nombre des récits d'autopsies des empoisonnés par le phosphore. Dans les deux cas de Fritz, Ranvier et Verliac, le volume du foie paraît normal une fois et n'est l'objet d'aucune mention spéciale dans l'autre, d'où l'on peut induire qu'il n'était pas notablement diminué. Des quatre observations de Lebert et Wyss, les deux qui sont suivies d'autopsie portent expressément que le foie est « très-volumineux », ou que le foie est « notablement augmenté de volume ». L'observation de Frerichs (*loc. cit.*, p. 275) renferme la même formule : « Le foie est notablement augmenté de volume. » A l'autopsie, relatée par M. Vallin, « le foie a son volume normal et pèse 1600 grammes. » Selon Lebert, la diminution ne se voit que dans les intoxications lentes.

Nous n'avons besoin que de mettre en regard de ces données le résultat de nos autopsies, dans lesquelles le foie disparaissait toujours plus ou moins dans l'hypochondre droit, au sommet de la voûte diaphragmatique. Nous n'avons pas mesuré ses dimensions, ce procédé paraît peu fidèle ; mais le foie, extrait de l'abdomen, sans lavage, pesait :

1re Autopsie : 1170 grammes (24 ans).
2e — 850 id. (24 ans).
3e — 1195 id. (23 ans).
4e — 1160 id. (25 ans).

(Rappelons seulement que Frerichs a donné comme moyennes du poids du foie : à 22 ans, 1,600 grammes ; à 27 ans, 1,900 gr. D'où l'on peut admettre que le foie de nos malades avait perdu du tiers à la moitié de son poids).

f. En outre de cette circonstance si importante, toutes les personnes, qui, ayant vu antérieurement des foies d'empoisonnement phosphorique, assistaient à nos autopsies, ont déclaré que les caractères de la glande hépatique ne se ressemblaient pas d'un cas à l'autre. Chez les intoxiqués, la teinte jaune ou pâle prédomine (1) ; chez nos sujets, le foie conserve, dans de larges proportions, la nuance brune ou olivâtre, les signes de congestion y sont plus évidents que ceux de l'envahissement graisseux. On a noté que le foie phosphorique *graisse le couteau*, lorsqu'on y pratique des coupes, et que la pression fait sourdre les gouttelettes huileuses de la surface de section ; rien de pareil n'a été remarqué chez les nôtres. Pour exprimer la signification à première vue des lésions respectives, nous dirions volontiers : que la *stéatose* prédomine dans les foies de l'empoisonnement phosphorique et l'*atrophie* dans les nôtres (encore que la désintégration granulo-graisseuse soit le principal moyen du processus atrophique ; mais cette désintégration ne se confond pas avec la réplétion des cellules par la graisse).

---

(1) « Il est, dit M. Vallin (*loc. cit.*), d'une couleur jaune d'ocre éclatante et très-claire, presque exsangue, sans trace de ce qu'on appelle la substance rouge. »

Les recherches d'histologie pathologique faites par M. Coyne sur sur les pièces de nos autopsies comportent et confirment cette différence (1).

Nous ne pousserons pas plus loin cette discussion, qu'il faudrait peut-être recommencer pour établir le diagnostic différentiel de notre ictère grave d'avec l'empoisonnement par l'arsenic (2). Il semble qu'une précaution fort simple eût pu nous épargner ces frais d'argumentation, à savoir la recherche médico-légale du phosphore dans les viscères, et surtout dans le sang de nos morts. Nous n'y avons pas songé ; on oublie parfois ainsi ce qu'il y a de plus simple et de plus important. Le mal est fait, et nous ne demandons pas que l'on nous en excuse. Cependant, les regrets que

---

(1) Résumé des différences entre l'empoisonnement phosphorique et l'ictère grave.

EMPOISONNEMENT PHOSPHORIQUE.	ICTÈRE GRAVE.
Matières vomies. Phosphorescentes, à odeur d'ail.	*Matières vomies.* Bilieuses banales, à odeur fade.
Haleine alliacée.	*Haleine* fécale.
Vomissements presque immédiats.	*Vomissements* tardifs.
Douleurs de ventre et d'estomac, météorisme. *Diarrhée.*	Ventre plat et indolore. Malaise épigastrique. Plutôt *constipation* que diarrhée.
Augmentation du volume du foie, progressant dans les premiers jours.	*Diminution* de volume du foie, sensible au bout de peu de jours.
Urines biliaires et (?) sanguinolentes; souvent albumineuses.	Urines biliaires et jamais sanguinolentes ; rarement et très-peu albumineuses.
Dysurie et anurie fréquentes.	Pas de dysurie.
Augmentation des phosphates urinaires.	Diminution des phosphates urinaires.
Dissolution globulaire du sang.	Intégrité des globules.
Accidents nerveux *dépressifs.*	*Délire maniaque* habituel, à la période nerveuse.
LÉSIONS. — *Hypertrophie* ou volume normal du foie.	*Atrophie hépatique.*
Etat jaune, exsangue, gras du foie.	État marbré ou granité, congestif autant que gras, du foie.
Envahissement graisseux des cellules hépatiques.	Désintégration granulo-graisseuse des cellules hépatiques.

(2) Legrand du Saulle (*Traité de médecine légale.* Paris, 1874) différencie comme il suit l'empoisonnement par l'arsenic d'avec l'intoxication phosphorée : « Dans l'empoisonnement par l'arsenic, les symptômes gastriques sont plus graves, la sensation de constriction à la gorge plus constante, les éruptions cutanées plus fréquentes et plus caractéristiques, les hémorrhagies moins abondantes ; les lésions gastro-intestinales généralement plus accusées. En outre, la stéatose viscérale et l'ictère sont plus rares..... »

l'on peut en concevoir ne sont peut-être pas aussi étendus qu'on le supposerait; il est bon d'en faire la réflexion. Il se pourrait, en effet, que nous n'eussions rien trouvé, si nous avions fait ces recherches, et que, malgré cette épreuve négative, nous ne puissions pas plus conclure qu'en ce moment. Le phosphore disparaît avec une certaine rapidité de l'économie, au moins le phosphore en nature et pouvant fournir des lueurs phosphorescentes ; dans l'autopsie, une heure après la mort d'un chien empoisonné le matin même, Lebert et Wyss ne peuvent démontrer la présence du phosphore dans le foie, ni dans le sang. Par des procédés assez délicats (Orfila, Mitscherlich, Dusart, Fresenius et Neubauer, Naquet), on peut provoquer les réactions de l'hydrogène phosphoré ou celles des acides du phosphore; mais, sachant que l'économie renferme naturellement des composés phosphorés, ces réactions suffisent-elles vraiment à la médecine légale? Nous entendons des experts d'une grande habileté déclarer qu'ils n'oseraient affirmer l'empoisonnement à moins d'avoir retrouvé le phosphore même dans le tube digestif. Cet avis nous paraît le plus sage. Or, ce qui est certain, c'est que l'examen minutieux de l'estomac et de l'intestin, dans nos quatre autopsies, ne nous a révélé aucun vestige de phosphore ni de préparation phosphorée, non plus que l'odeur alliacée des matières contenues dans le canal intestinal, qui eût pu nous porter, si elle eût été perçue par quelqu'un des nombreux assistants, à diriger nos investigations dans une voie particulière. Nous avons donc fait, sans y songer, la vraie et la meilleure recherche médico-légale du phosphore, laquelle est restée négative. C'est pourquoi nous avons cru devoir suivre une autre route pour arriver à exclure cet élément de l'étiologie.

Malgré nos légitimes hésitations (1); malgré les réserves que nous avons formulées dès le début de ce travail et que nous n'abandonnons pas encore absolument, nous pensons qu'il faut voir dans notre série de cas tout autre chose que des empoisonnements phosphorés. L'alternative vers laquelle on se trouve reporté s'ouvre naturellement sur l'*ictère grave essentiel;* c'est celle que nous

---

(1) L'incertitude contre laquelle nous nous débattons n'étonnera pas les médecins qui ont eu l'occasion de réfléchir sur des faits analogues à ceux que nous reproduisons. Elle a été partagée, en des sens divers, par Rokitansky (WOCHENBLATT DER ZEITSCHRIFT DER K. K. GESELLSCHAFT DER AERZTE IN WIEN, 1859, nᵒ 32, et 1862, nᵒ du 12 novembre), par Wunderlich. (ARCHIV. DER HEILKUNDE, 2 février 1663), par Hérard, Vallin, A. Laveran et d'autres.

adoptons, et, nous pouvons le répéter, si nous sommes dans le vrai, c'est la première fois que l'on aura observé formellement à l'état épidémique l'ictère grave essentiel, tel que le type en a été réalisé dans les cas isolés authentiques, étudiés par Monneret, Trousseau, Frerichs, L. Colin et d'autres. C'est bien à l'occasion de notre série que l'on a le droit d'employer l'expression de « *fièvre jaune nostras* » (encore qu'elle heurte en quelques points les théories modernes des fièvres.

Nous sommes donc en face d'un principe morbide spécial, de la famille des miasmes. On a vu combien peu il a été possible de préciser les conditions dans lesquelles il éclôt, ou tout au moins manifeste son action ; seulement, il semble bien lié aux groupes vivant sous abris fixes, et être, comme quelques autres, d'origine humaine (1). L'analogie profonde et embarrassante de son action avec celle de quelques substances toxiques, telles que le phosphore, deviendra peut-être la source de certains indices sur la nature de cette action. De toutes les théories que l'on a essayé de donner à la stéatose phosphorée, la plus acceptable est encore celle à laquelle se rattache M. Lécorché, à savoir que « cette dégénérescence est de nature inflammatoire ». L'agent de nos ictères graves s'est, plus nettement que le phosphore, montré comme un irritant, affectant comme lieu d'élection les parenchymes et les parois des vaisseaux, y compris le cœur. Il n'y a rien de très-étonnant à ce qu'un agent spécifique se rencontre avec un agent chimique sur ce terrain banal de l'inflammation. Toutefois, le processus a paru être d'emblée destructif autant que congestif dans nos ictères graves, tandis que, dans l'empoisonnement phosphorique, le molimen tend d'une façon durable à l'accumulation du produit de régression.

Nous avons reproduit fidèlement des faits trop intéressants pour être passés sous silence ; nous avons dit nos impressions et notre opinion, sans parti pris. A la critique de faire son œuvre. Elle sera aisée, selon l'habitude ; mais il serait intéressant de voir ce que l'on mettrait à la place de notre doctrine.

Nous complétons ce travail par la reproduction de nos dernières

---

(1) L'examen microscopique du sang *post mortem*, pratiqué une fois, comme il a été dit, n'a révélé l'existence d'aucun organisme particulier ; quelques granulations morbides y apparaissaient, les bâtonnets y étaient rares ou même douteux. On injecta 1 centimètre cube de ce sang à un lapin, qui mourut quatre jours après, de phlegmon diffus.

observations, afin que le lecteur ait entre les mains tous les éléments du problème.

Obs. VI. — C..., 25 ans, du Morbihan, quatre ans de service, soldat au 27ᵉ régiment d'artillerie, très-rangé et très-estimé de ses chefs.

Entré à l'hôpital le 18 juin, au deuxième jour d'une maladie qui a débuté par le mal de tête, le brisement des jambes, des maux d'estomac. Deux vomissements bilieux ; ictère dès le premier jour. Pas d'épistaxis. Soif vive, inappétence complète. Haleine fétide. Langue un peu blanche, sans enduit, légèrement visqueuse. Insomnie. Pouls à 60. Temp. rect. 38°,2.

A l'entrée, pot. éthérée ; limonade citrique ; 15 grammes sulfate de soude.

Le 19. Mêmes conditions. Le malade répond assez bien (il est Breton) aux questions qu'on lui adresse ; mais ses réponses sont brèves et faites d'un air ennuyé ; après chacune d'elles, il prend, dans son lit, l'attitude de quelqu'un qui désire en rester là. Puis, il tombe dans la somnolence. Douleur spontanée et à la pression au creux épigastrique, à l'hypochondre droit et peut-être même à l'hypochondre gauche. Abdomen aplati et même rétracté, non douloureux. La matité hépatique (ligne mamelonnaire) commence à la 7ᵉ côte et s'étend de 7 (absolue) à 10 centimètres (relative) au-dessous. Pouls à 60. Temp. rect. 37°,7. Bouillon. Limonade azotique. Café 100 gr.; pot. quinquina.

20. Depuis hier au commencement de la nuit, délire agité avec cris, vociférations, attitudes maniaques, résistance et lutte énergique contre l'entourage. Le moindre attouchement (même pour l'observation) excite les cris et les mouvements désordonnés. Pouls au-dessous de 60. Température ?

21. Résolution complète, sauf un trismus très-serré. De temps à autre, contraction des extrémités supérieures. Pupilles dilatées. Insensibilité au pincement. Face couverte de sueur. Traces de vomiturition brune aux lèvres; mucosités sanglantes aux gencives (la langue est légèrement prise entre les dents). Il y a eu des urines involontaires ; la vessie est encore pleine, on la vide avec la sonde. La matité hépatique ne dépasse pas 4 à 5 centimètres, le son intestinal remonte à la huitième côte. (Cette ascension de la masse intestinale, pour occuper la place laissée libre par le retrait du foie, contribue probablement à donner au ventre son aspect excavé) Pouls à 104. Temp. rect. 41°,

Stertor dans la journée. Mort à deux heures après midi. Temp. rect. 43°,7, un quart d'heure après sa mort.

Autopsie, le 22, à neuf heures du matin.

Cavité thoracique. — Un peu de sérosité ictérique dans les plèvres. Ecchymoses sous-pleurales; pariétales et viscérales. Poumons crépitants, engoués au bord postérieur, et, le droit, au sommet, avec quelques noyaux apoplectiques mal limités. Cœur flasque. Muscle cardiaque peu décoloré; caillots noirs, minces, un peu adhérents, dans les ventricules.

Abdomen. — Les intestins remontent dans l'hypochondre droit et ne laissent apercevoir que le bord libre du foie. Celui-ci est rétracté, sa capsule flasque et ridée. On aperçoit sous cette membrane le granitage rouge et jaune du foie. A la coupe, sur un fond rouge livide, sont semés très-épais des grains jaune-clair, dont les dimensions varient depuis celles d'un grain de semoule jusqu'à celles d'une petite lentille. Tissu mou, peu friable, modérément saignant. Poids de l'organe : 1160 grammes (non lavé). Le vésicule contient une faible quantité d'un liquide semblable à du muco-pus gris verdâtre, très-filant.

La rate est un peu grosse, mais saine.

L'estomac, l'intestin et les divers canaux glandulaires sont entièrement sains.

Les reins sont un peu volumineux. Leur substance corticale paraît gonflée à la coupe et est d'une couleur blanc jaunâtre. Les pyramides commencent à subir l'envahissement de la même dégénérescence. La vessie renferme environ 300 grammes d'urine safran.

Crâne. — Cerveau remarquablement sain. Congestion très-légère des veines.

Obs. VII. — Cas..., 25 ans, du Lot-et-Garonne, où il exerçait la profession de tonnelier, maréchal-des-logis au 27e d'artillerie. Constitution robuste, d'une bonne santé habituelle.

Entré le 19 juin, malade depuis six jours. Début de l'affection par le malaise épigastrique, une céphalalgie peu intense et une faiblesse peu accentuée. Il n'y a pas eu d'insomnie absolue. L'ictère est apparu le deuxième jour, aux conjonctives. Deux vomitifs et un purgatif à l'infirmerie du corps ; il n'y a pas eu de vomissements en dehors du vomissement thérapeutique.

20 juin, P. 48: T. R. 37º7. Langue très sale, enduit jaunâtre, gluant. Haleine un peu fétide. Pas de selles depuis quarante-huit heures. Ventre plat. Sensibilité modérée à la pression, au creux épigastrique uniquement. La matité hépatique (ligne mamelonnaire) commence à la 8e côte et descend à 12 centimètres 1/2 au-dessous. Urine en quantité à peu près normale, teinte café noir foncé, verdâtre au bord. — Chocolat, potages, légumes frais. Limonade azotique, vin, café alcoolisé. Pot. avec 8 gram. essence de térébenthine.

21. Un peu de sommeil, cette nuit. Le malade s'est promené, hier, deux heures. Une selle difficile et peu copieuse, ce matin. Le chocolat du matin a été vomi. Un peu de sang dans le mouchoir.

22. Un vomissement liquide vers deux heures du matin, après avoir pris de la tisane. Il avait dormi jusqu'à minuit ; à partir de ce moment, malaise épigastrique et nausées. Il n'a pas pris son chocolat, ce matin, dans la crainte de le vomir. Une selle ferme, hier soir, à la suite d'un lavement émollient. Langue humide, peu enduite, brunâtre au milieu. Urine assez rare, même coloration que précédemment. Soif assez vive.

Physionomie inquiète et assombrie, sans prostration. Sous l'ictère, teinte cyanotique du tégument de la face. Matité hépatique 10 à 11 centimètres. Pointillé hémorrhagique à la base de la poitrine (suite de grattage?) — Potages, fruits, vin, café, etc.

23. La journée d'hier a été pénible, mais la nuit meilleure. Sommeil réparateur, quoique entrecoupé de réveils fréquents. Une nausée, vers minuit, sans vomissement. L'ictère semble diminuer. La poitrine porte une sorte d'éruption discrète de papules rosées fort semblables aux taches lenticulaires de la fièvre typhoïde et disparaissant sous la pression. Le ventre est normal. Facies naturel. Pouls à 40, assez large et plein, mais mou.

La matité hépatique n'occupe pas plus de 10 centimètres (ligne mamelonnaire); 2 à 3 centimètres sur la ligne sternale. Urine en quantité moyenne. Hier soir, à la suite d'un lavement, une selle marronnée, gris-sale, sans fumet particulièrement fétide.

24. Pas de malaise. Une nausée, hier soir, sans vomissement. Deux selles à la suite d'un purgatif. Le ventre est moins rétracté. Matité hépatique, 11 centimètres. L'urine se décolore.

25. L'appétit a manqué au repas d'hier soir; vomissement alimentaire vers minuit. Rien de particulier, ce matin; le malade se sent de l'appétit. Urine en quantité normale, avec une odeur de cuir fraîchement tanné, un peu trouble.

26-27. Le mieux continue. Le pouls reste lent. Le tégument et surtout l'urine se décolorent. Quelques démangeaisons à la peau. Les papules de la poitrine ont leur base hémorrhagique et ne disparaissent plus par la pression.

28-30. Plus rien à noter. Les forces et l'appétit reviennent franchement. La matité hépatique reprend de l'espace.

Sorti en juillet avec un congé de convalescence, en très-bon état, sauf un peu de diminution des forces.

Tableau de la température et du pouls :

TABLEAU DE LA TEMPÉRATURE ET DU POULS.

	T. R.		Pouls.	
	Matin degrés	Soir degrés	Matin	Soir
19 juin	»»	38.4	»»	62
20 —	37.7	37.9	48	66
21 —	38.0	37.7	52	58
22 —	37.8	37.0	48	56
23 —	37.3	37.4	40	56
24 —	37.3	37.5	44	48
25 —	37.2	37.4	42	50
26 —	37.4	37.5	46	48

Arnould.

Obs. VIII. — J..... 24 ans, de la Nièvre, ancien forgeron, brigadier au 27ᵉ d'artillerie, d'un bonne santé habituelle. Occupé depuis une quinzaine de jours à la conduite sur les fourgons de différentes pièces de matériel, du parc à boulets au nouvel arsenal. Il mange à l'ordinaire de la troupe et va quelquefois à la cantine prendre de la bière ou une autre boisson. Il ne soupçonne aucune raison spéciale à son indisposition actuelle.

Entré le 19 juin, au cinquième jour d'un malaise qui a débuté par de la céphalalgie, des maux d'estomac, de la courbature générale, sans nausées. Il a reçu un vomitif à la caserne ; une épistaxis s'est produite dans les efforts de vomissement. Le sommeil n'est pas complétement perdu, mais l'appétit est nul.

20 juin. P. 56, T. R. 38°,2. Teinte ictérique légère. Ventre plat, sans rétraction. La matité hépatique (ligne mamelonnaire) commence à la 7ᵉ côte et descend jusqu'à près de 14 centimètres au-dessous, sur lesquels 4 centimètres de matité relative. Pas de sensibilité spontanée, ni à la pression, de la région hépatique. L'urine rendue en quantité sensiblement normale, est de la nuance café noir, à reflets verts sur les bords. — Chocolat, potages, vin. Café sucré, alcoolisé. Limon azotique. Pot. essence de térébenthine 8 gr.

21. Pouls à 48. Quelques coliques sans siége précis. Constipation. Il y a eu du sommeil. — *Ut suprà*, sauf la térébenthine. Lavement émollient.

22. Langue presque nette. Bon sommeil ; aucun malaise. Une selle spontanée, hier soir, peu copieuse, moulée, de couleur olive-foncé, sans fumet particulièrement fétide. La matité hépatique, diminuée, ne dépasse guère 10 centimètres dans la ligne du mamelon. Cette percussion révèle un peu de sensibilité épigastrique. — Eau de sedlitz pour demain matin.

23. Pouls à 40. Sommeil réparateur, toute la nuit. La matité hépatique regagne du terrain par en bas. L'urine, moins colorée, a encore le fumet biliaire. La sensibilité épigastrique est presque nulle.

24. Le tégument et l'urine se décolorent. La matité hépatique a récupéré les 14 centimètres. Appétit décidé.

25-26. Continuation des progrès. Retour des forces.

27-28. Matité hépatique (ligne mamelonnaire) : 14 centimètres ; on sent le bord inférieur du foie dans l'hypochondre, où il déborde les dernières côtes. Urine abondante, de couleur rhubarbe. Le 28, il y a encore une épistaxis, à la suite de mal de tête ; mais cet incident ne retarde pas la convalescence.

Sorti en juillet avec un congé de trois mois.

TABLEAU DE LA TEMPÉRATURE ET DU POULS.

	T. R.			Pouls.	
	Matin	Soir		Matin	Soir
	degrés	degrés			
19 juin	,,,,	...... 38.5	......	,,,,	 62
20 —	38.2	...... 38.3	......	56	 60
21 —	38.2	...... 38.2	......	48	 56
22 —	37.9	...... 37.9	......	48	 64
23 —	37.6	...... 37.8	......	40	 48
24 —	37.6	...... 37.6	......	46	 46
25 —	37.5	...... ,,,,	......	44	 40

Les deux dernières observations ne présenteraient aucun intérêt, après ce qui en a été dit dans l'*aperçu de l'ensemble*. Ce sont elles qui, dans les développements, sont numérotées IX et X. Nous nous bornons à cette indication.

www.ingramcontent.com/pod-product-compliance
Lightning Source LLC
Chambersburg PA
CBHW070817260626
47161CB00006B/2323